帆的孤独啊

[英]麦克·莫波格（Michael Morpurgo） 著

赵莹 译

湖南文艺出版社 HUNAN LITERATURE AND ART PUBLISHING HOUSE 博集天卷 CS·BOOKY

ALONE ON A WIDE WIDE SEA

帆的孤独啊

图书在版编目（CIP）数据

帆的孤独啊 /（英）莫波格（Morpurgo，M.）著；赵莹译.
—长沙：湖南文艺出版社，2012.6
书名原文：Alone on a Wide Wide Sea
ISBN 978-7-5404-5295-7

Ⅰ.①帆… Ⅱ.①莫… ②赵… Ⅲ.①长篇小说 – 英国 – 现代 Ⅳ.①I561.45

中国版本图书馆 CIP 数据核字（2011）第 260360 号

著作权合同登记号：图字18-2011-630

上架建议：外国文学

ALONE ON A WIDE WIDE SEA
by Michael Morpurgo
Copyright © Michael Morpurgo，2006
All rights reserved.

帆的孤独啊

作　　者：〔英〕麦克·莫波格
译　　者：赵　莹
出 版 人：刘清华
责任编辑：丁丽丹　刘诗哲
监　　制：张应娜
策划编辑：尹艳霞
营销编辑：周明子
版权支持：辛　艳
装帧设计：范　薇
出版发行：湖南文艺出版社
　　　　　（长沙市雨花区东二环一段 508 号　邮编：410014）
网　　址：www.hnwy.net
印　　刷：北京世纪雨田印刷有限公司
经　　销：新华书店
开　　本：880mm × 1230mm　1/32
字　　数：150 千字
印　　张：8.5
版　　次：2012 年 6 月第 1 版
印　　次：2012 年 6 月第 1 次印刷
书　　号：ISBN 978-7-5404-5295-7
定　　价：32.80 元
（若有质量问题，请致电质量监督电话：010-84409925）

目　　录

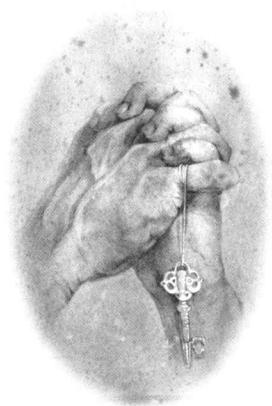

第一章　亚瑟·霍布豪斯的故事

第一节 亚瑟·霍布豪斯是个偶然事件

我知道，我应该从故事的开头说起。然而问题是，我并不知道开头。我希望我是知道的。我知道我的名字是亚瑟·霍布豪斯。亚瑟·霍布豪斯这个人是有起源的，这一点毫无疑问。我有过一个父亲和一个母亲，但只有上帝知道他们是谁，又或许连上帝都无法确定。我的意思是，上帝不可能同时注意所有事吧？所以说，关于亚瑟·霍布豪斯这个名字从何而来、是谁给我起的这个名字，我都一无所知。我甚至都不知道这是否是我真实的名字。我也不知道我出生的时间和地点，只知道大概是1940年的某个时间在伦敦的伯蒙齐区。

我所拥有的最早期的记忆全都多多少少混乱而模糊。比方说，我一直都知道我有一个姐姐。在我一生中，她都一直在我记忆或是想象的最深处，但到底是记忆还是想象，我时常无法肯定，她的名字叫凯蒂。当他们把我送走时，她没有和我一起。我真希望，我知道这是为什么。我试图在脑海中描绘她的样子，有时能够成功描绘出来。我能看见一张苍白而精致的脸上有一双满是泪水的深色眼眸。她给我一把小钥匙，但我不记得这把钥匙是用来做什么的。钥匙上系着一根细绳。她把钥匙挂在我的脖子上，嘱咐我要时时刻刻戴着它。还有时候，我能听见她的笑声，是一种富有感染力的吱吱的笑，慢慢地会变成欢快的咯咯笑。姐姐咯咯笑的声音像笑翠鸟一样。她有时候会雀跃着进入我的梦中，嘴里哼唱着《伦敦大桥垮下来》，我试图和她说话，可她似乎从来就听不见。不知道为什么，我们总是无法触及彼此。

我所有的早期记忆都像是一场场梦。我知道这些都不能算做真正的记忆，至少不能算做我自己的记忆。我觉得自己来自一个一半被遗忘、一半被记得的时期，而我确信自己常常用编造的记忆来填补那一半被遗忘的时间。也许是我的思维在试图把那些未知的事物合理化。因此我也无法确定从哪段以前是编造的记忆，从哪段以后又是真实的。我想所有人的早期记忆应该都是这样的，但也许我的记忆比大多数人都要更模糊，大概是因为我没有家庭故事来支撑这些记忆，没有铁一般的事实，没有真正的证据，没有证明书，甚至连一张照片都没有。简直就好像我从来没有出生过，只是凭空出现在这世上一样。我亚瑟·霍布豪斯就是一个偶然事件。我已经作为一个偶然事件在这世上存在了六十五年左右的时间，而现在，是时候把自己的人生用白纸黑字记录下来了。对于我来说，这就像是我从未拥有过的那份出生证明。这将能向我自己，向其他任何读到这些文字的人证明，至少我曾经在这里，曾经存在过。

我除了是个偶然事件之外，还是一个故事，我希望我的故事能被人们所知，能被姐姐凯蒂所知，假如她还在世的话。我想让她知道，她的弟弟是怎样一个人。我还想让吉塔知道我的故事，虽然我想她已经非常了解我了，包括我的缺点。我最希望的还是艾丽和她将来的孩子们，还有孩子的孩子们能了解我的故事。我希望他们都能知道我是谁，知道我既是一个偶然事件，又是一个故事。这样我就能继续活在他们心里。我会成为他们的故事中的一部分，当我离开这个世界时，就不会被完全遗忘。这对我来说非常重要。只有我们的故事被一代代不断流传下去，才是我们实现永生的唯一方式。所以，我将会坐在窗边一件件地记述我能记得的所有事情，无论会花费多么长的时间。

人们说只有在知道结局的情况下，你才能开始讲述一个故事。直到最近之前，我都不知道故事的结局，但现在我总算知道了。我终于可以开始了，而我将会从能够确切记得的第一天开始讲起。那时候我大概是六岁。奇妙的是，儿时的记忆会在脑海中停留很久，而且一直很生动，也许是因为我们的幼年时光过得更加认真。每一件事都是第一次，都那么新鲜，那么难以忘怀。在那些时光里，我们有更多的时间去静立、去注视。更奇妙的是，在最近这些年，在我已经成年的时期里发生的事情，反而更混沌不清。随着我们渐渐长大，时间也过得越来越快。人生一闪而过，还来不及注意就已经结束。

第二节　三个大红色烟囱和一支管弦乐队

　　我们一共有几十个人在这艘船上，包括不同年龄的男孩和女孩，我们全都站在甲板上，看着船驶离利物浦港，海鸥在我们头顶上盘旋、鸣叫，向我们道别。至少我认为它们是在向我们挥别。我们全都沉默不语。那天天空一片灰暗，空中飘着蒙蒙细雨，码头上巨大的吊臂伤感地向着缓缓驶过的船鞠躬道别。那是我关于英国仅有的记忆。

　　甲板在我们脚下颤抖。随着巨大的轮船缓缓转向，驶入前方开阔的大海，引擎轰鸣着、跳动着，浓浓的雾气从海平面的那头层层卷来。修女们说过我们将会前往澳大利亚，而对我们而言就像去往月球一样。我对于澳大利亚所在何处一无所知。那时候，我唯一清楚的就是，那艘船将把我带走，带到茫茫汪洋的另一头。轮船的汽笛一次又一次不断拉响，声音震耳欲聋，就算我用双手捂住耳朵也无济于事。汽笛终于不再响之后，我紧紧握住脖

Build it up with iron bars,
iron bars, iron bars.
Build it up with iron bars,
my fair lady.

子上那把凯蒂给我的钥匙，向自己保证，也向她保证，有一天我一定会回来的。在那一刻，我感到一种深切得让我从此以后都无法自拔的悲伤。然而与此同时，我又感觉到，只要带着凯蒂给我的钥匙，我就一定能逢凶化吉，平安无事。

我猜我们一定经过了苏伊士运河，但我并不能肯定。只是我知道那时候，大多数前往澳大利亚的邮轮选择的都是这条路线。不过有很多事我是确确实实记得的，包括那三个鲜红色的大烟囱，还有从我们被禁止进入的一等舱里传来的管弦乐队的音乐声，他们有一次还演奏了《伦敦大桥垮下来》，我非常喜欢，每当听到这首歌的时候，我总会觉得特别开心。我还记得像山脉一样连绵起伏，比甲板还要高的巨浪，时而是绿色的，时而是灰色的，还有的时候是深蓝色的，还有那成群舞动的海豚，以及那些海鸟，即使是在暴风雨的天气里仍然从海浪上掠过，或在烟囱上方高高地盘旋。除此之外，无边无际的汪洋大海环绕着我们，仿佛跟天空一样广阔无垠。我记忆最深刻的就是大海的广阔，以及夜晚天空中不计其数的繁星。最棒的是，我第一次见到了信天翁。它从一层闪亮的海浪中蹿起，从我的头顶上掠过，低头深深地凝视着我的眼睛。那一刻，我永远无法忘怀。

这艘船从某种程度上说，是我的第一个家，因为这是我能够记得的第一个家。我们每两人住一张上下铺，十多个人被塞进一个船舱里，船舱在整个船的最深处，能听见引擎有节奏的撞击声。舱里狭小而闷热，充斥着煤油和潮湿衣物的臭气，还有呕吐物（其中大多是我的"杰作"）的恶臭。跟我在一起的其他男孩都比我年长，有些还比我大很多。

我几乎从一开始就麻烦不断。他们都叫我"笨蛋"，因为我在晚上会哼着《伦敦大桥垮下来》哄自己睡觉，而且我时不时会哭鼻子。有一次，其中一个人发现我尿了床，从此以后就总是拿这件事取笑我。他们总是跟我过不去，让我悲从中来。他们会用枕头使劲打我，把我的衣服和鞋子都藏起来。最让我难过的是他们孤立我，拒绝和我说话，甚至是忽略我的存在。我真的很反感他们这样做。尤其是当我最痛苦的时候，我在船舱里身体不舒服的时候，他们更会这样惩罚我。

晕船是我最大的恐惧。它总是来得频繁而又猛烈。首先，我会像其他人一样，吐到栏杆外面（假如我来得及跑到栏杆旁边的话）。遇到马蒂的那天，我正趴在栏杆上呕吐。我们俩正在肩并肩地呕吐不止时，吸引住了对方的注意，随后开始同病相怜。从他的眼里，我能看出他跟我一样难受。这多少也让我心里平衡了一点。我们俩的友谊就是这样开始的。一个好心的船员走过来对我们表示同情，他给了我们一些建议：当船颠簸得厉害时，就尽量往船的底部走。那是最好的位置，因为在下面船的摇晃不会那么明显。于是我们就照他所说的做了，这个办法至少大多数时候是奏效的。马蒂会到我的船舱里来，有时我也会跑去他那边。但有时候我会被人家发现，而不得不被赶到甲板上去经受这一切。我会把呕吐物清理干净，但我去除不了那难闻的恶臭，每次我在船舱里呕吐以后，同屋的人就又会孤立我。为了避免面对他们，我越来越多地找马蒂做伴。我想，这也许是因为跟他在一起让我觉得有安全感。马蒂大概十岁，年龄比我大得多，甚至比我船舱里那些男孩都大，而且也比他们个子高，他是我们中最高的，而个子高是很重要的。严格说来，我从未请求他保护我。但我知道他总会保护我的，而他也确实这么做了。

我们俩站在甲板上，看着一只只信天翁在海浪上划过，马蒂跟我一样，也非常喜欢信天翁。这个时候，我船舱里的那伙男孩突然出现在我们身后。他们都是北方男孩，全部都是，而我经常几乎完全听不懂他们在说什么。他们中有个头目，名字叫威斯·斯纳奇，他开始喊我的名字，并且嘲讽我，我记不清是为了什么。他说我是个"一无是处的伦敦佬"。马蒂瞪了威斯·斯纳奇一会儿，然后径直走上前去将他打倒在地，只用了一拳。他低声说道："我也是个伦敦佬。"那伙人全都溜走了。自打那次以后，我在船舱里的日子明显好过了许多。虽然舱里还是一样的闷热潮湿，还是一样的又臭又挤，但至少他们多多少少不太找我的麻烦了。这都多亏了马蒂。

马蒂解答了我的一切疑问，包括我们为什么会在这艘船上，还有我们去向何处、为何而去。在这之前，我不清楚我对这些事情了解多少。我只知道我们正前往澳大利亚。马蒂说，我们所有人都是从全英国的孤儿院里特别挑选出来要到澳大利亚去生活的，至少他所知是这样。他说，澳大利亚是一个全新的国度，那里从未发生过战争，也没有遭到过轰炸，也不实行定额配给制度，那里有许多的食物，有大公园可以玩耍，还有海滩。只要我们愿意，可以随时去游泳。我告诉马蒂，说我不会游泳。他说他会教我，而我很快就能学会。此外，他还告诉我，说我们今后再也不用回到我们从小生活的那些孤儿院，而是会生活在愿意照顾我们的家庭里。所以，憧憬着这样的未来，要忍受一段时间的晕船也值得了，不是吗？我曾经说过，没有任何事值得让我忍受晕船，还曾保证说绝对不会再踏上邮轮或者小船一步，无论如何都不会。而这个保证常常被打破。

在这个通往未卜前途的旅程中，是马蒂让我振作起来。他就像我的大哥哥，因此我放心地跟他说了凯蒂的事，告诉他凯蒂是怎样一个人被留在了英国，也告诉他我有多么想念她。我给马蒂看了她给我的幸运钥匙。我每次想到她，甚至是提到她的名字，都会忍不住流泪，但马蒂似乎一点都不介意。不过他倒是很介意我总是哼着《伦敦大桥垮下来》这首歌，他说我总是不停地哼着，就不能哼首别的歌吗？我跟他说我不会其他的歌了。马蒂说，或许凯蒂会搭下一班轮船到澳大利亚，是因为这艘船装不下了，才没让她上船，我很快就能再见到她了。这就是马蒂，永远充满了希望，永远相信一切都能解决的。但我后来发现，马蒂不是仅仅期望着一切能够好起来，而是会尽自己所能去确保一个好的结果。

你会需要一个像马蒂一样的人来支撑你坚持下去。即便是事情暂时没有按你期望的发展，你仍然需要有信念，需要相信一切最终会好起来的。如果你没有这样的信念，就像我有时也会灰心丧气一样，那么就会有一个深不见底的黑洞在等待着你，这个黑洞的威力我后来深有体会。在那艘船上，我从马蒂身上学到了很多关于希望和友谊的东西。大家都叫他了不起的马蒂，这个昵称非常恰如其分。

第三节　笑翠鸟、美冠鹦鹉和袋鼠

　　那时候，我曾经驾船到过世界各地的许多不同港口，没有一个比悉尼港更加令人印象深刻。我们离开利物浦港的时候，天空是阴冷灰暗的，而悉尼的天空则明媚而美好，湛蓝中透着暖意。到达悉尼港那天的情景，我终生难忘。那天早晨，我们乘坐的有着大红烟囱的轮船驶入港口，轮船的汽笛骄傲地宣告着我们的到来。那一刻，我也感到与有荣焉。

　　马蒂和我靠在轮船的栏杆上，惊讶地凝望着眼前的一切，兴奋而充满渴望也许是对我们心情的最好形容。这地方的一切事物对我而言都是新鲜而奇妙的，那暖暖的微风，海湾中成百上千的帆船那鼓起的白帆，那宏伟壮观的悉尼海港大桥，那环绕四周山坡上一座座红色屋顶的房屋，还有那片蓝蓝的海，我从不知道原来蓝色可以是那么的蓝。没有什么地方能比这更完美了。我确信我们正驶入天堂。随着船缓缓前进，越来越近，我能看见人们都微笑着冲我们挥手。我们也向他们挥手。马蒂把手指放在嘴里吹着口哨。突然间，我内心充满了希望。突如其来的幸福感让我容光焕发，马蒂也跟我一样。他张开双臂环抱着我。"我早就告诉过你了，对吧，亚瑟？"马蒂说，"这是一个全新的国度，我们会没事的。"

　　在码头上的一片热闹混乱中，他们把我们这些孩子都集合起来，点了名，随后把我们分成小组，却不告诉我们原因。看见这种情况，我尽量靠近马蒂，和马蒂分开是我最不愿意的事。而他们想把我们分开。马蒂紧紧地抓住我的手臂，告诉我就待在他旁边别动。然后他迅速地说："先生，他跟我是堂兄弟。亚瑟去哪儿我就去哪儿，我去哪儿，他也得去哪儿。"负责点名的人说这是不可能的，因为分组已经安排好了，不能变动。那个人固执而暴躁。他冲着马蒂大声喊，让他闭上嘴乖乖听话。就像码头上的其他人一样，他说着英语，但是听起来跟在英国听到的不像同一种语言。我能听出其中的一些词，但是发音很不同，听起来很奇怪。

　　马蒂没有回敬那个人，没有大声喊叫，也没有上蹿下跳。我发现，马蒂自己有一套对付当权者的方法。他用坚定的眼神凝视着对方，用一种轻柔而非常有礼貌的口吻说道："先生，我们要待在一起。"结果我们如愿以偿了，第二天早晨，我和马蒂并肩坐在巴士上，离开悉尼进入了开阔的乡间。巴士上一共有十个孩子，都是男孩。我环顾四周后，很庆幸地发现，车上只有一个男孩是来自我那个船舱的。那个人就是威斯·斯纳奇，那个曾经在甲板上被马蒂打倒在地的孩子。从那次以后，他就再也没找过我麻烦，所以现在我也不再担心他。幸运女神的确很眷顾我，至少我当时是这么想的。

巴士司机看上去是个爱聊天又开朗的家伙，他说他正带我们去库珀的牧场，那是一个远在三百多英里以外的大农场。去那儿需一整天的时间，他说我们最好静下心来好好睡觉。但我们没有，没有一个人照他说的做。一路上有太多想看的东西，太多我从未见过的新奇事物。首先，就是那无边无际的开阔空地，一眼望去几乎看不到一座房子、一个人。但这并不是初到澳大利亚第一天唯一使我惊奇的事。各种动物和鸟类对于我们而言，就如同这个国度一样奇特而不寻常。巴士司机告诉我们这些动物的名字：笑翠鸟、美冠鹦鹉、袋鼠和负鼠，就连这些名字也和它们一样怪异。甚至这里的树木也和我们家乡英国的不一样。这里的是桉树和金合欢树。我们所在的地方仿佛不只是一个不同的国度，更像是一个不同的星球。星球表面灌木丛生，平平整整地一直延伸到地平线上，微微地闪着蓝色、棕色和绿色的光芒。我们穿过的一座座小镇也与我从前见过的城镇截然不同。这里有着宽阔而尘土弥漫的街道，所有的房屋都很低矮。假如你看见除我们之外还有别的车，一定会觉得很惊奇。

在巴士上，我又热又脏又渴，感觉这旅途似乎永远看不到终点，但我觉得很快乐。我很高兴我们终于到了这里，很高兴我终于不用再忍受晕船之苦。虽然大家都很疲倦，却因为兴奋而情绪高涨。这是在一个新天地里展开的一段新的奇遇。我们正乘着巴士进入仙境，途中的每分每秒对我们而言都是享受。

到达库珀的牧场时，暮色正缓缓降临，可我们还能看得清四周。这个地方处在灌木深处，远离其他地方，可以看得出这是个农场。从我们走下巴士的那一刻，立刻就闻到了这里那种农场的气味。这里四周都是巨大的畜棚，还能听见里面的家畜在走动。远处昏暗的地方传来溪流的水声，还有鸭子们沙哑的嘎嘎叫声。旁边的农舍里传来留声机的音乐声，屋子有着锡制的屋顶，周围还有一圈走廊。一开始，我以为这座农舍就是我们要居住的地方，可是我们提着自己的行李，被领着走过了农舍，穿过一条肮脏的小道，来到了一个篱笆围起来的院子里。在院子的中央有一间长长的木棚屋，棚子的一头是台阶和走廊。

"这就是你们的新家。"那个人打开门，对我们说道。

我没有过多地注意这个人，至少当时没有。我忙于查看自己周围。就在我呆立在那里时，留声机的长针卡住了。每当我想起库珀的牧场时，那断断续续、冷酷地重复着的颂歌就会在我脑海中回荡："何等恩友慈仁救主，慈仁救主，慈仁救主，慈仁救主。"那时我还不知道，这可怕的旋律就是预示着我人生最黑暗岁月的序曲。

第四节　库珀的牧场、猪仔贝肯和上帝的事业

我想我对于周围的墙壁和锁住的门的厌恶，是从他们一开始把我们关在库珀的牧场的宿舍那一刻，从我们听到门在身后闩上那一刻开始的。就算到现在，我也从来不会锁上我家的门，绝对不会。从我在库珀的牧场的时候开始，门和墙壁就让我觉得自己仿佛是个囚犯。跟其他人一样，我很快就会发现，不是发现作为一个囚犯应该会是什么感觉，而是切身体会到身为一个囚犯的真实感受。更糟糕的是，我们除了是囚犯，还是奴隶。

从那以后，我有很多时间去仔细考虑事情。我仍旧对库珀的牧场、对他们对我们所做的一切感到愤怒。但我们并不是第一批受害者。早在我们离开英国前往澳大利亚的两百多年前，就有人经历了和我们一样的旅程。他们蜷缩在货轮底部臭烘烘的船舱里，身上戴着沉重的锁链。虽然我们乘坐的是一艘漂亮的船，有大红的烟囱和管弦乐队，但像他们一样，我们仍然是囚犯。像我

们一样，他们一定也很快就发现了自己不仅仅是囚犯，还是奴隶，还会发现当你是奴隶时，被夺走的不只是你的自由，还有你所有的一切，因为你整个人都已经是别人的财产。他们同时拥有你的肉体和灵魂。而我们很快就会发现，我们的灵魂对于我们的主人来说尤为重要。

我不能假装说，我当时就能够理解这一切。我在库珀家的第一晚是躺在黑暗闷热的宿舍里，紧握着我的幸运钥匙度过的，但那时我就知道梦想已经破灭了。马蒂静静躺在我旁边的床铺上，跟我们其他人一样，还没有从这突如其来的打击中缓过神来。那一晚，马蒂哭了，这是我唯一一次听见他哭泣。那时我明白了，我们所到的这个崭新的国度终究不是天堂。而我们很快就将发现，这里是一座人间地狱，一座贝肯先生专为孩子们设计的地狱，我们都叫他猪仔贝肯，他一人身兼数职，既是我们的狱卒、奴隶主，又是传道士和新的父亲。

可以坦白地说，猪仔贝肯是我一生中唯一曾经想要杀掉的人。不过公平点说，他至少不会哄骗我们。在库珀的牧场的第一个早晨，在我们用走廊上一字排开的水桶洗漱完毕，吃过温热的已经结块的粥之后，他告诉了我们在这里的真正原因。我们全都集合在宿舍外面，身体瑟瑟发抖。贝肯太太穿着她的粗布工作服和带花的围裙站在他旁边，被他肥硕的身躯衬得非常娇小。他像一头粗壮的公牛，通红的脸，修剪过的红色的头发和红色的胡子，甚至连眼睫毛都是红色的，还有一双淡淡发红的小眼睛。我总觉得他像是被点着了，就快要爆炸一样。他肥大的肚腩似乎全靠格子衬衫和宽大的腰带托住，随着时间的推移，这条腰带会使我们每个人都心生畏惧。他总是不耐烦地用随身带着的小棍敲打他脚上穿的那双及膝的靴子，这根小棍还常常被他用来为自己的讲话添加停顿，而他的讲话总是像这样变成连篇累牍的说教。有时候，他会拿着鞭子，用来抽打狗、牛或者是马，如果他愿意，还包括我们。无论是小棍或者是鞭子都无关紧要，同样都让我们望而生畏。

那天，贝肯太太脸上挂着紧张而僵硬的微笑，这样的笑容我后来经常看到。那时候，我们还不知道她为什么会紧张。她看上去像缩进了工作服里，我想她一直穿的同一件蓝色工作服，只是换了围裙。开始时我感觉到贝肯太太很害怕，而且在隐藏着什么。她面如土色，我这辈子从没见过一个女人看上去如此疲惫不堪。她站在那里，低垂着双眼，听着猪仔贝肯给我们讲事情的前因后果，还有库珀的牧场上的各种规矩。

"能被我和贝肯太太接纳，你们应该觉得自己很幸运，"他说道，"你们得知道，没有其他人愿意这样做。我们这样做是出于一片善心，对吧，贝肯太太？对，就是因为我们的一片善心。

你们是些没人要的小鬼。你们这些小鬼被人赶出来，被人拒绝而无家可归，没有人愿意照料你们，甚至没有人愿意喂养你们。但是我们会的，对吧，贝肯太太？我们会给你们食物，给你们住处，还会给你们衣服，教你们要认真工作，教你们上帝之道。一个孩子还能奢求什么？我和贝肯太太都是敬畏上帝的人，都是基督教徒。我们从小就知道自己的职责本分。上帝说'让小孩子们到我这里来'。所以我们就遵照了他的旨意，我们也会训练你们去顺从上帝的。一个孩子出生在这世上是身负罪孽的，所以必须让他屈身遵从上帝的旨意。现在这就是我们的重任。

"因此，出于善良基督徒的慈爱和宽容，我们自己承担开支，主动接纳了你们。我们已经为你们创造了这个庇护所，让你们远离生活的残酷。你们要帮助我们建造一座伊甸园，将这一片蛮荒之地打造成天堂。我和贝肯太太会向你们的父亲和母亲一样，对吧，贝肯太太？你们现在就要开始学习上帝之道。这里不允许有咒骂，不允许有懒惰，我向你们保证，你们会一直忙碌而无暇懈怠。你们将要自食其力，你们要工作，因为魔鬼会给无所事事的人找事情做。如果你们好好工作，我们就会给你们食物；如果你们好好工作，我们就会给你们每天日落前的最后一小时作为玩耍时间。"

"看那儿！"他突然咆哮道，挥舞着手中的棍子指向远处

22

Build it up with iron bars,
iron bars, iron bars.
Build it up with iron bars,
my fair lady.

的地平线，"看！你们看见了吗？什么都没有，你们目光所能及的地方除了荒野之外什么都没有，这样的荒野向着东南西北延伸数英里。所以你们绝对不要想着逃跑。你们会在荒野里面来回打转，会干渴而死，会被太阳烤干。毒蛇会咬你们，鳄鱼会把你们生吞，还有野狗会将你们撕成碎片。即便是你们侥幸逃过这一切，这些一贯听我差遣的黑家伙也很快就能找到你们，然后直接把你们带回到库珀的牧场来。对吧？贝肯太太？"

贝肯太太没有回答。在他喋喋不休的时候，她只是站在他旁边，眼睛低垂着。

感觉他应该要说完了的时候，她朝着农舍那边走去，身后跟着她那条褐色的狗，那狗偷偷跟在她身后，尾巴夹在两腿之间，跟它的女主人一样显得害怕而鬼鬼祟祟的。可是，猪仔贝肯并没有就此打住。他怒视着贝肯太太的背影，然后用手里的小棍敲打他的靴子。"我们从事的是上帝的事业，"他说道，"是上帝的事业。你们要永远记住这一点。"

就这样，我们开始了上帝的事业。

第五节　让小孩子们来

猪仔贝肯充分地兑现了他对我们的承诺：他确确实实让我们一直忙碌着，完全无暇懈怠。从那一天起，农场里一切需要干的活都落到了我们这些孩子的肩上。我们就是一群奴隶，要努力地把这一片荒野打造成他的天堂。这些工作要么恶臭难闻，要么累得人腰酸背痛，而且常常是又脏又累的。农场上有三十头奶牛和它们的幼崽，还有一百多头公牛。我们给它们喂食、喂水，放养它们，清理它们留下的粪便等污物。随后，我们又开始给奶牛们挤奶。这些工作让我从手指到肩膀都疼痛不已。除了这些，等着我们去照料的还有猪仔贝肯的成百上千只小鸡，还有他的猪啊、马啊。

我们的清晨通常都在劳动中度过，每天都要从抽水机打水把水桶灌满，从牛棚中把粪便铲出来，用小车推到粪堆上，或者铺到围场里。周围总是有赶之不尽的苍蝇，就好像全澳洲的苍蝇都飞来了一样。它们层层包围住你，停在你的眼睛上、头发里，甚至是鼻子上，而且还会叮咬你。假如你不小心吞下一只苍蝇，而这种不幸的事是时有发生的，你会想把它吐出来，但一定是以失败而告终。动物们躲不掉这些苍蝇，我们也一样躲不掉。

我们的午餐是汤和面包，贝肯太太会把食物送到宿舍的长桌上，然后用长勺盛到我们的碗里，但她几乎从不和我们说话。汤和面包就是我们在这里赖以生存的唯一食物。到了下午，我们就会准备清理围场里的石块，或者是来回提水和盐块到马槽里。这些水桶沉得几乎要将我的胳膊从关节中扯出来。每次打水都必须把水桶盛满，因为一旦被猪仔贝肯发现你提着半桶水，那么你就会有大麻烦了，也就是说你得吃鞭子了。因此我们每次都把水盛得满到快要溢出来。提水的活儿终于干完以后，我们又得开始挖杂草，填补路上的坑洞，或者是所有人一起使劲拉绳子拔出树根来。

我们的双手和双脚都长满了水泡。昆虫蜇咬的地方和伤口也都感染溃烂了。而这一切对于猪仔贝肯都无关紧要。每干完一件工作，总会有下一件等着我们。我们之所以努力干活是因为，一旦我们稍有松懈，他就会毫不犹豫地夺走我们的食物，或者挥舞鞭子对我们一阵毒打；而且我们一旦有丝毫懈怠，他就会取消我们的晚间娱乐时间，让我们晚上再多干一小时的活。我每天都在期待这一小时的休息时间，其他人也都一样，我们都非常讨厌失去这仅有的一小时的轻松。当我身体的每一根骨头都因为疲劳而疼痛难忍时，这承诺给我们的一小时娱乐时间就是支撑我每天坚持下去的唯一动力。

喂养动物们是每天的最后一项工作，也是我唯一喜欢的工作。不管是小鸡、奶牛、猪还是马，我喜欢它们看见我们带着装有食物的麻袋时朝我们跑来的样子，也喜欢看它们享受食物的样子。但是我一直不喜欢挤牛奶。我的手指应付不了这个工作，它们很容易肿胀，而挤奶后手指的疼痛会让我无法入眠。马蒂和我总是尽力待在同一个小组里干活。当皮吉·贝肯没在旁边监督我们时，我们会尽量用手去给一些动物喂食。小鸡在你手上啄食玉米粒时会让你感觉痒痒的，而当马儿们吸食饲料时，你会感觉到它们的鼻子温暖而柔软，不过你得小心它们把你的手指一起吸进嘴里吃掉。

比起其他的马，有一匹马更让我和马蒂喜爱。它是一匹身形高大的马中巨人，除了一只蹄子是白色之外，全身的毛皮都黝黑发亮的。它的名字是大黑杰克，每当我和马蒂有幸给它喂食时，我们都会确保它有充足的食物和水，然后再考虑其他的动物。我会蜷缩在它的水桶旁边，看着它伸头使劲喝水，听它啜食的声音，笑它从水桶里抬起头时嘴里滴滴答答往下滴水的样子。

我会给它唱《伦敦大桥垮下来》，它也很爱听。它是皮吉·贝肯犁地用的马，皮吉·贝肯总是榨干它的最后一丝力气，直到它累得抬不起头来，就像他对待我们一样。我发现，马儿就跟人一样，在疲倦和悲伤的时候也会叹气。大黑杰克常常叹气，我们互相对视一眼，就会明白对方的感受。

每当在农场上劳动时，无论我们在做什么工作，可以肯定的是，猪仔贝肯早晚一定会出现的。他会突然不知从什么地方冒出来。他来的原因只有一个，就是为了找某个人的麻烦。每一次我都祈祷他会挑中别人，然而，迟早总会轮到我倒霉。他总会嫌我们干活不够快或者不够努力，要么就是嫌水桶没有装满，或者是被他发现地里的石块没有拾干净，总之任何事情都可以成为他惩罚我们的理由。他不会立即鞭打我们，而是告诉我们所犯的每一项错误分别应该受到多么严重的处罚，让我们一整天都提心吊胆地等着受罚，而这个等待的过程才是真正的折磨。

处罚的仪式都是晚间时分，在我们的晚餐之前在宿舍门前进行，结束之后我们就要被关在屋里度过整个夜晚。他会在其他人面前点名让你站出来，像个法官一样宣布你应该受到的惩罚。然后你就要伸出手来，含着泪颤抖着接受处罚。这样的事情常常发生，而且没有人能幸免。但是马蒂比其他人受的惩罚更多、更重，当猪仔贝肯鞭打马蒂时，你能看出他是真正充满了怨恨的。

而他似乎也有个很充足的理由，就是马蒂的表情。

这种表情就跟当初我们刚到澳洲时，他在码头上给那个多管闲事的人的表情一样。问题的关键在于，马蒂不会因为被威吓而屈服。马蒂会直视猪仔贝肯的眼睛，这一点总是让他怒不可遏。我们其他人则会低着头远离麻烦。马蒂总会用沉默的方式来表示抗议。当他被鞭打时，他不会像我们一样哀声哭喊，他不肯让猪仔贝肯得逞。他总是毫不畏惧地站在那里，咬紧牙关，眼神坚毅，没有泪水，没有颤抖。更火上浇油的是，在挨完打之后，他还会对猪仔贝肯说谢谢，声音里充满坚定，就跟他的眼神一样不容动摇。我很想对他说，他让我们鼓起了勇气。实际上，我们并没有。尽管如此，我们每一个人都很敬佩他。然而，他并不是唯一敢于反抗的人，很快就出现了另一个让我们钦佩的英雄，一个本来不大可能成为英雄的人——威斯·斯那奇。

第六节　圣人与罪人

在库珀的牧场，周日是我们一周中唯一不需要工作的一天。在这一天，我们唱颂歌、唱赞美诗、做祷告、听讲道，这些会持续一上午。这些通常是在宿舍外进行，如果天偶然下雨也会移到宿舍里面。猪仔站在一个箱子上，在颂歌的间隙穿插布道，对着我们高谈阔论。猪仔太太——我们后来都这么叫贝肯太太——恭敬地站在他身旁。她的狗躺在她脚边，一会儿就睡着了，梦里还不停抽搐，打破了无聊的气氛。这是个不错的消遣，我们都用胳膊肘碰旁边的人，使眼色让大家看那条狗的样子。

猪仔太太会拉手风琴给颂歌伴奏，她专注地闭上双眼带领着我们一起唱，她的声音出乎意料的有力。只有在这个时候，你才能看见她自信而坚定不移的样子。她看上去似乎被信仰的双翼带走了，完全沉醉于颂歌的精神之中。她高亢的歌声中充满了她对自己信仰的一片热诚。在每一首颂歌的结尾，她都会用最响亮的声音大喊："哈利路亚！赞美上帝！"随后她会低下头，立刻缩回到她的躯壳中，又变回我们认识的那个胆小、疲惫而又害怕的猪仔太太。与此同时，猪仔贝肯打开他的大嗓门开始了又一轮布道，讲那些崇高的圣人和我们这些卑贱的罪人，讲恶魔，讲地狱之火，还有天谴。那只狗从头到尾都幸福安详地睡觉，我们多希望能像它一样。

参加周日礼拜的不只是我们。周日是附近村落里那些土著人唯一获准靠近这所农舍的一天，他们有时候会到农场上工作，猪仔叫他们"黑家伙"。我们常常会见到他们，大多是些孩子，当我们在农场上干活的时候，总是蹲在一旁远远地看着我们。也有的时候，我们会透过地平线上的层层热气看见他们一群人的身影，他们看上去都好像一动不动地站着，仿佛飘浮在地面上方。一旦他们靠得太近，猪仔贝肯就会骑着马用皮鞭驱赶他们，嘴里不停地咒骂他们是小偷和酒鬼。但是在礼拜天的时候，猪仔太太会邀请他们到农场上吃蛋糕、做祷告。即使是在这天，他们也不敢靠得太近，而是蹲在一个安全距离之外听我们唱颂歌和赞美诗。

礼拜结束后，猪仔太太会端着一盘子蛋糕和柠檬汁走到他们身边，在他们额头上画十字来祝福他们。在这之前，我们谁也没见过这么多黑人，只是偶尔在伦敦的街道上看见一个，我也曾在家乡看见过一两个穿着制服、开着吉普车的美国黑人士兵。这些黑人土著光着脚，穿着破烂的衣服。他们的孩子都是赤身裸体地跑来跑去，他们总是蹲在旁边一动不动地仔细打量你，深色的眼睛直勾勾地盯着你，让人觉得非常不自在。我们跟他们对视着，但几乎从来不说话。你永远都不知道他们在想什么。但我喜欢他们在那儿，喜欢有他们的陪伴。在这个荒无人烟、天宽地广的地方，有他们的存在就已经是一种安慰了。

除了他们之外，几乎没有其他人会到库珀的牧场来。沿着长长的农场小道开来的一辆卡车都足以让我们兴奋好一阵，因为这很少有，一周也就一两次，送来动物的饲料、修篱笆的铁丝还有种子，仅此而已。卡车司机总是坐在走廊上和猪仔夫妇一起喝柠檬汁，还有蛋糕可以吃。而我们只有在礼拜天才能吃蛋糕喝柠檬汁，每块蛋糕上都装饰着一颗樱桃，这就是我们每周的大餐了。我们会站成一排，由猪仔太太挨个儿给我们每个人发一块蛋糕。她也会祝福我们，在我们的额头上画十字。我喜欢这样，她只有在这个时候会触碰我们。我总是把蛋糕上那颗樱桃拿下来，装在我的口袋里留到最后。有时候，我会把樱桃留到我睡觉的时候，然后躺在床上，任它在我嘴里慢慢融化，一边还一直紧紧地握着我的幸运钥匙。

他们让我们在晚上进行祷告。我们都会静静跪上十分钟。我从来不祷告，不过我会许愿。每个夜晚，我紧紧握着脖子上挂着的幸运钥匙，许愿自己能够离开这里，能够回到我的家乡英国，回到凯蒂身边。

第一年的时候，跟其他人一样，我几乎可以说是喜欢猪仔太太的，不只是因为礼拜天她给我们的蛋糕而已，虽然多少也有点这个因素。真正的原因是我为她感到难过，我们所有人都是。而且我想在某种程度上，她也获得了我们的尊重。跟猪仔贝肯不一样的是，她跟我们一样在农场上辛苦工作。她每天早晚都跟我们一起挤牛奶，而且还要负责准备我们的一日三餐。虽然总是千篇一律的稀饭、汤、面包和牛奶布丁，但也算是每天能定时有热饭吃。这些全靠猪仔太太。

猪仔贝肯开着卡车进城，把我们和猪仔太太一个人留在牧场上的时候，是我们唯一的好日子。我们仍然需要干活儿，只不过她会跟我们一起干。在这些稀有的快乐时光里，我们会看见她卸下了身上的紧张和疲乏，甚至有时候还能听到她的笑声。我们也跟她一样。猪仔贝肯不在，我们就能无所事事地待着，可以开心地玩！在那些日子里，她就像是一个完全不同的人。

然而，这样的日子总是结束得太快。跟她不同的是，晚上被锁在宿舍以后，我们还算能够避避难。我们还有彼此可以依靠。而她仍旧得面对猪仔贝肯。有时候，借着酒劲，他甚至会朝她扔东西，你能听见农舍里陶器摔碎的声音。还能听见他大声吼她、打她。我们从来没亲眼见过，但是都听得清清楚楚。

"不准你教我怎样对待他们！我想做什么就做什么，想怎样就怎样，听清楚了吗，你这女人？"他喋喋不休地冲她喊着。

我们躺在床上静静听着，第二天早上，会看见贝肯太太身上到处是淤青。渐渐地，我们开始感觉到她跟我们的境遇差不多，也是猪仔贝肯的奴隶。我常常不解的是，为什么她会甘心忍受这一切，为什么会跟他在一起。能够说得通的理由只有一个，就是为了对上帝的爱，为了耶稣基督。猪仔贝肯的老婆是我见过的最虔诚的女人。她是在上帝的见证下嫁给猪仔贝肯的，因此她永远不能离开他。我们后来发现，她不只是信仰上帝，而是为她的信仰而活，也为她的信仰而遭受磨难。

只有那么一次，我偶然发现了她承受着多么深的折磨。那是一个炎热而潮湿的下午。猪仔叫我、马蒂和威斯去农舍后面的菜地里松土。苍蝇在我们身上和周围飞来爬去，地里的土也又干又硬。我们挖了好几个钟头，再也受不了了。马蒂出主意说，大家都休息一下弄口水喝。他的主意常常具有危险性。然而当时，我们已经顾不上这些，而且猪仔贝肯刚刚去进行他的随机巡视了。

我们想，猪仔太太也正在农场的某处干活。我们放下手里的叉子，跑到农舍后门外的抽水泵边上。我们互相为对方打水，轮流躺在水泵下面的地上，任凭水冲在我们的脸上，足足喝了个饱。正当我陶醉在水的凉爽之中的时候，马蒂和威斯突然停止了抽水。在我表示抗议的时候，他们示意我别说话，然后弯着身子蹑手蹑脚地走到农舍旁边。我听见了猪仔太太正在撕心裂肺地哭。他们站起来透过窗户往屋里偷看的时候，我也跟着做，踮着脚勉强能看见一点点。

她坐在火炉的椅子上前后摇晃着，她的狗就趴在她的腿上。我们所在的窗边的桌子上，放着她为礼拜日做的蛋糕。她努力要用唱歌来让自己停止抽泣。她声音很轻，但也足够我们分辨她唱的是什么："何等恩友慈仁救主。"她一段接一段地唱着，中间总是间歇地啜泣着，全身都剧烈地抽动着。那一刻，她抬起双眼大声地哭喊道："为什么，亲爱的上帝？为什么？请您接受我的祷告吧耶稣基督。请您接受。"就在那时候，我们看见了她下巴上的青紫色，脖子上的乌青，还有嘴唇上的血印。她紧握着双手祈祷着。我记得就在那时候，我想着要让猪仔贝肯死掉，想着有一天我要杀掉他。当然我从没真正计划过怎么去做，但心里是想过要这样做的，而且马蒂和威斯也跟我一样。

猪仔贝肯接下来所做的事，简直可以轻而易举地把我逼成一个杀人犯，假如我当时有手段，假如我当时有足够的勇气，假如我没有被当时的情况所阻碍的话。

第七节　从猪仔太太到艾达

那是在圣诞节的时候，大概在我们到库珀的牧场十八个月以后，也是我们在牧场的第二个圣诞节。圣诞节那天的午餐，猪仔贝肯和猪仔太太分别坐在长桌的两头跟我们一起吃饭。那天我们休息，一年中有三天，我们可以休息：猪仔贝肯的生日、复活节和圣诞节。整个早晨听到的都是圣诞颂歌和祷告，当然，还有讲道，就跟普通的礼拜日一样，只不过相比起平日里唱的那些枯燥乏味的赞美诗，我更喜欢圣诞颂歌。午餐有香肠、土豆泥、肉汁，之后甜点还有果酱卷布丁和乳酪蛋糕，柠檬汁想喝多少有多少。这是我童年时代最好的一顿大餐，从来都没忘记过。由于猪仔和猪仔太太在那儿，我们一句话也没说，没有人敢说。不过我想也没有人想多说什么，毕竟大家都忙着享受这顿饕餮盛宴，根本顾不上说话。我们细细品尝着每一口菜肴的美妙滋味。从那一个圣诞节开始，我就爱上了香肠。

Build it up with iron bars,
iron bars, iron bars.
Build it up with iron bars,
my fair lady.

事情发生在午餐之后。像平常一样，我们当中的一个人必须站起来做祷告，不只是在餐前，餐后也一样。那天碰巧轮到我，猪仔贝肯说我祷告词说得含糊不清，硬要我重新说一遍。"大声地说给主听，"他说，"他会听见你的祷告的。"我乖乖照做了。然后他站起来，清了清嗓咙，宣布说他们决定要送我们每个人一份圣诞礼物，一份我们可以一生保存并珍藏的礼物，他说："这是上帝赐给你们的礼物。"他手指上绕着一根绳子，另一头挂着一个小小的木十字架。猪仔说："从今天起，你们每天都要戴着这个。这是上帝的标志，你们要自豪地戴着它。"

　　我们挨个儿被叫上前接受我们的礼物。他在每个人的脖子上挂上一个十字架。我们说声"谢谢"，跟他握握手，然后回到座位上坐下。除了那一声"谢谢"之外，整个仪式都在一种令人尴尬的沉默中进行。猪仔太太温顺地站在他旁边，手腕上挂着一大串十字架，我们每上前一个人，她就递一个十字架给他。接着，他叫到了我的名字。正当我站在那里抬头望着猪仔贝肯的脸，等着我的那个十字架时，他突然脸色大变。"这是什么？"他咆哮道，突然扑向前，抓起我脖子上的那把钥匙，一使劲把它扯了下来。

　　"那是我的。"我哭喊着伸手要把它夺回来。他把钥匙举到我够不着的地方，仔细端详、琢磨起来。

"钥匙？干什么用的？这是什么东西的钥匙？"

"这是我的幸运钥匙，"我告诉他，"是我姐姐凯蒂给我的，她在英国。"

"幸运！"猪仔贝肯咆哮着，"幸运是魔法，所有的魔法都是魔鬼的杰作。这世上没有所谓的幸运。无论是在今生还是来世，世间万物的发生都是出自上帝之手。"我不停地跳起来，试图把钥匙从他手里抢回来，可是他举得太高，我根本够不着。"这是个幸运魔咒，是魔鬼的魔法，是巫蛊之术。除了十字架以外，你们什么都不准戴。"

"如果是这样的话，"我说道，不知道从哪里来的勇气，连我自己都吃了一惊，"那我就什么都不戴。"然后就转身走开了。那天晚上，我自然没躲过一顿鞭打，挨完打后，我被强迫在他面前低下头，让他把一个十字架挂到了我的脖子上。他说只要他发现我没戴着它，我就得挨鞭子。"那我的钥匙呢？"我问他。

"我已经把它给扔了，"他回答道，"扔到了垃圾堆里，那儿是所有巫术应该去的地方。"

那天晚上，我是哭着睡着的。无论威斯或是马蒂都安慰不了我。我珍贵的钥匙没有了，永远地没了。没有了它，我感觉自己在这世上是那么的孤独，就好像我最后的根都被拔掉了。那天夜里，躺在黑暗中，我心里萌发了杀意。我不只是憎恨猪仔贝肯而已，而是真正地想要杀了他。我当时不妨真的杀了他。我已经找到勇气了，报仇心理和怒气能给人强大的勇气，可我想不出究竟要怎么做。我那时还完全想不出要怎样谋杀他，可是已经下决心要想出一个方案而且要尽快行动。所幸的是，最终我和他都没有走到那一步。幸运降临了，也可以说是命运或是际遇，你想说它是什么都行，当它来临时，是让人欣喜而又意外的。

刚到库珀的牧场时，我非常害怕蛇，尤其怕蜘蛛。每天我们都能在牧场上看见各种各样怪异而奇妙的生物，包括小袋鼠和树袋熊。不过让我最小心的是蜘蛛和蛇。它们随处可见，蛇或是盘踞在宿舍地板下面，或是在溪边的鹅卵石之间滑行。而蜘蛛，我们发现它们很喜欢待在厕所里，我们的厕所是一个搭在宿舍旁边的棚子，上面是一个起皱的铁皮顶。厕所里热得跟蒸笼一样，而且臭气熏天，但是我讨厌的、害怕的不是这些，而是蜘蛛。我害怕得甚至连厕所都不想去上。只要情况允许，我就会到外面去解决问题。不过有的时候，如果我内急而且又离厕所不远，我会尝试着冒一下险。我会尽快解决，尽力屏住呼吸，尽可能不去看有没有蜘蛛。

人家说，你永远看不见射中你的那颗子弹。这句话也可以套用到蜘蛛上。我后来才得知，咬我的是一只红背蜘蛛。当时我正坐在马桶上。事情发生的时候，我正站起来往上提我的短裤，突然感觉到它在我脚上咬了一口，顿时感到一阵钻心的疼。我只想着那疼了，眼睁睁看着它迅速地逃走了。我尖叫着跑了出来。我只记得自己被绊倒在地，猪仔太太朝我跑过来。

我不知道自己在床上躺了多久。马蒂后来告诉我，他们所有人都以为我会死掉。我记得当时我意识到我不是在自己的床上，那里有窗帘，墙上挂着画，还有大大的橱柜。还记得猪仔太太走进来坐在我旁边，当时我觉得全身都又烫又沉，就好像身上压了千斤重担一样。有一次猪仔太太进来的时候，还带了一个土著，一个白色头发的丛林人。他看了看我的眼睛，摸了摸我的脸，然后给了我一些吃的药，还在我脚上敷了一种药膏。那药苦得让我几乎无法下咽。他敷在我脚上的药很快让我退热了。

我渐渐好起来以后，猪仔太太会坐在床边拉她的手风琴，我很喜欢听。也许这一切的记忆并不是真正的记忆。在我慢慢好起来以后，当我谢谢她照顾我的时候，她告诉我，说并不是她治好我的，而是她找来的一个"黑家伙"。她说，是他救了我的命，而不是她。"千万别告诉贝肯先生，"她说，"他会不高兴的。他不相信他们的魔法。但我信。各种魔法和奇迹都有在这个世界上存在的空间，至少我是这么认为的。"

马蒂后来告诉我，那个月的大部分时间，我都是在农舍里、在病榻上度过的。他说，他跟威斯都认为，如果能够有一个月的假期待在农舍里，就算被蜘蛛或者是蛇咬也算是值了。我把一切都告诉了他们，包括我是怎样被照顾，比如猪仔太太是怎么照料我的，她是多么的亲切，还有那个用神奇的药救了我的丛林人。我还告诉了他们在我离开农舍那天早上，猪仔太太做的最后一件事。她走进我的房间，那时我正坐在床上系衬衫的扣子。

"给，"她说，"我想，这个是你的。"她递给我一个小小的盒子，像个药盒。我打开盒子，看见我的钥匙就躺在一层棉絮上。"把它藏起来，"她告诉我，"要藏好了。"她没再多说什么，我还没来得及感谢她，她就已经走出了房间。

从那以后，我就再也没叫过她猪仔太太，其他人也是，因为大家很快就都知道了她是一个多么好的人，知道了她是怎样找到我的钥匙，看管它，然后交给我的。从那以后，我叫她艾达，我们所有人都叫她艾达。从那以后，我们都知道了她是一个真正的朋友，但我们还不知道她将是一个多么好的朋友，多么重要的朋友。我们又忍受了数月的痛苦折磨后，才发现了这一点。现在我的钥匙回来了，我就忘掉了想杀死猪仔贝肯的念头。所以我想，也可以说艾达不仅仅救了我的命，也救了他的。她真是做了件大好事。

　　至于我的钥匙，我照艾达说的，把它藏得很好。不过我还是藏得离我不远。我的床的正上方有一扇窗户，窗户上边有一道木梁，木梁的一头有一道窄窄的裂缝，刚刚好可以藏一把钥匙。我把钥匙塞进了裂缝的深处，直到从外面看不见它，以确保猪仔永远找不到它。可是我仍然时刻都惦记着它。每天夜里睡觉前，我都会抬头看看我的秘密所在的地方。除了马蒂，我没有告诉任何人。

第八节　唯一的出路

　　每个白天，每个夜晚，我们都能看见事情在我们眼前重演。我们都没有做足够的努力来阻止事情的发生。我的一生中有许多后悔的事，许多让我内疚的事，太多太多。但没有一件比在库珀的牧场上，发生在威斯·斯纳奇身上的事更折磨我。这么多年过去，我仍然会梦到他，梦到那天发生的事。我应该早就察觉到的。我应该鼓起勇气跟他站在一起，可是我没有。马蒂没有，我们其他人也都没有，除了艾达。至少艾达尽力了。

　　可以肯定的是，一切都要追溯到那荣耀的一天，也就是威斯在院子里把猪仔贝肯撞翻在地，坐在他身上狠狠揍了他一顿的那天。那天威斯成了我们的英雄，不过他也取代马蒂，成了猪仔的眼中钉。他会动不动就臭骂威斯，一有机会就找他的碴儿。威斯总是被安排干那些最差的活，那些我们所有人都最怕的，最脏、最重、最臭的活，比如清理粪坑、挖水沟和用手推车搬运石块。

猪仔除了邪恶之外，也同样很聪明。他知道威斯喜欢在马棚里挨着大黑杰克干活。所有人都知道。大家都知道威斯对马的喜爱，于是猪仔故意派威斯去远离围场和马棚的地方。并且他还让威斯独自干活。他故意把威斯和我们其他人隔离开来。

几乎每一天，在晚间的处罚大会上，威斯都会被当着我们大家的面拖出来。有时候猪仔会对着他大声咆哮，也有的时候会拿着鞭子抽打他一顿。他总是找各种理由处罚他，任何理由都可以。我们都能看出，威斯挨的打比我们要重得多。猪仔很享受这一切，我能从他的脸上看出来。他抽打威斯时总是带着更多的憎恨，更加的暴力。回想当时，我很惭愧地感到了一丝解脱，因为至少挨打的那个人不是我，而是威斯。

随着猪仔一次次用皮带抽打他，威斯在我们眼中的形象渐渐高大起来。他从没畏缩过，从没抱怨过，而且就我们所知，他甚至从来没哭过。在那些漫长的岁月里，是他的反抗和他直面敌人的勇气鼓舞着我们一直坚持下去，给了我们希望。我一直期待着他会再次奋起反抗猪仔。我很肯定他一定会的。我和马蒂都认为，威斯只是在拖延时间，寻找合适的时机。

随后我注意到，威斯变得越来越沉默，越来越孤僻，甚至对我和马蒂也是，可我们是他最好的朋友。一切都是慢慢发生的，慢得我们起初都不相信事情真的发生了。一开始我以为，这只是因为猪仔不允许他跟马蒂和我在一组里干活，所以我们比较少见到他。在娱乐时间里，他也很少跟我们在一起，因为猪仔常常让他比我们工作得更久一些。即便是我们都在宿舍里的时候，威斯也似乎把自己跟我们隔绝开来。我们曾经总是三人同行，大家待在一起，可是无论我和马蒂怎样努力要拉他一起，无论我们怎么做，还是能感觉到他从我们身边溜走，又把自己封闭起来。

渐渐地，他变成了一个陌生人、一个独行侠，就好像他刚来库珀的牧场那几个月的时候一样。我们希望他能回到我们中间来，我们喜欢他，也崇拜他，因为他曾把可恶的猪仔贝肯打倒在地，而且每一天都代表我们羞辱他。我以为他也许是在用自己的方式应对这一切，用一种淡然而沉默的方式。我以为他能够承受这一切。但我错了。

一天早晨，威斯不肯起床点名。他躺在床上不肯动。我和马蒂试图劝他，可他只是转过头去，不理我们。我们知道这样下去会出事。点完名之后，我们都在清晨的寒冷中站在屋外，听着猪仔在屋里施暴。我们听见他抽打着威斯，冲着他大喊："你自找的，你这个小恶魔！我要教训你。如果我只能做最后一件事，那么我就要好好教训。不干活就别想吃饭。让你尝尝是什么滋味！"每一句话中间都穿插着他的棍子在空中挥舞和重击的声音。他毒打着威斯，而令人惭愧的是，我们唯一做的，就是站在那里任凭这一切发生。

然后我们听见威斯还口了，声音强硬而冷静："我不会为你工作，再也不会了。我也不会再吃你那腐坏的食物，你可以自己留着享用。"片刻过去，猪仔从宿舍冲出来到了走廊上。他站在那里气喘吁吁地检视着我们，脸被怒火烧得通红。

一连好些天，威斯都躺在床上拒绝起来。每天早上，猪仔都会到宿舍里揍他一顿，然后还断了他的食物。起初，我和马蒂试图藏起一些面包皮之类的食物给他。但威斯只是摇摇头，什么都不肯吃。他说我们不该这么做，因为这样会给我们自己招来麻烦。而且，他还说，没有必要这样做，因为他说过，他不会碰猪仔的食物，就算是我们偷偷带给他的也不吃。他说他会继续绝食，直到猪仔贝肯好好对我们，不再打我们。不过他还会喝水，所以我们就尽可能地多给他送水。我们也坚持给他送食物，不过他仍旧不肯吃。他说他已经下定决心，绝不动摇。他有时候会对我们微笑，却很勉强，仿佛我们只是好心的陌生人。

他的话很少，而且随着身体日渐虚弱，他说话也越来越少。有一天晚上，我跟马蒂坐在他的床上的时候，他跟我们说了几句话。我永远记得那天他说的话，他说："你们知道我的想法。我已经找到了离开这里的唯一出路。"马蒂问他是什么意思，他不肯说。我跟马蒂一遍又一遍地劝他放弃绝食，可他不听我们的，坚决不肯放弃。现在我才知道，我们应该更努力的，我们应该更努力一百倍、一千倍的。

第九节 我们让孩子们来这儿是为了做这些吗

　　最后，我们只得去向唯一可能帮忙的一个人求助。我们到农舍去找艾达。我们把一切都告诉了她，包括威斯是怎样每天早上都遭受毒打，怎样绝食反抗，还有如果不尽快采取措施他就会死掉。就在听我们说话的时候，艾达仍然紧张地不停地朝四周张望。我能看出，她希望我们赶紧离开。我也能看出、她早已知道我们刚刚告诉她的一切。我们讲完以后，她说："你们不应该来这里。现在快走，趁还没人发现你们，赶紧走。我会想办法的。"接着就关上门回屋了，留下我们俩站在门口。我跟马蒂说，我敢肯定，她一定会想到办法帮助威斯的。

　　"她最好能想到办法，"他说，"否则威斯肯定活不成了。"

　　当夜里锁门以后，艾达来到了宿舍。这是她头一次晚上进到宿舍。我们听见了门锁被打开的声音，看见她手中的火把跳动的光芒。我们都以为是猪仔贝肯来进行他的晚间巡视了，所以我们都静静地躺着一动不动，假装睡着了。"我来看威斯了，"她低声说，"哪个是他的床？"

当我们听出是谁以后，就都坐了起来。我带着她到了威斯的床边。她坐在他的床边试着要跟他说话。一开始，威斯完全没有反应。他甚至不肯转头看她。大家也都聚集到了他的床边。

艾达把手搭在他的肩膀上。"我给你带了点蛋糕，威斯，还有牛奶，"她说，"求你了，你必须得吃点东西。"她把蛋糕罐子放在腿上，打开盖子，"我在每块蛋糕上都给你放了一颗樱桃。你会喜欢的。"接着威斯转过来，仰起头看着她。

"我不能吃，"他说，"如果我吃了，他就会逼我干活。可我不会给他干活的。再也不干了，永远不干。"

她努力了。她花了一个多小时的时间，使出浑身解数来引诱他、劝他吃东西。她告诉他上帝会拯救那些自我救赎的人，告诉他她能体会到他的痛苦。"我相信上帝也能体会到，"她说，"因为他告诉我了。我祈祷过。我问他我应该怎么做，他告诉我说我应该到你身边，喂你食物。威斯，上帝爱我们所有人。我们在承受磨难的时候，必须永远记得上帝是爱我们的。"

然而，再温柔的劝导都无法让他回心转意。甚至连她的眼泪也无法打动他。她一边不断地轻轻抚摸他的头发，一边恳求着他，我们能听见她声音哽咽着。无论她说什么做什么，仍旧无济于事。最后，她只好无奈地放弃，就像我们之前一样。

我们常常在夜里听见从农舍里传来怒骂声，但迄今为止都只是其中一方在吵。猪仔贝肯怒气冲天地咆哮着，之后就是艾达抽泣的声音和狗的哀号声。这一次我们听见了两个人的声音，艾达的声音跟猪仔的一样响亮而充满愤怒。这是艾达第一次鼓足勇气尽情地宣泄。她说的每一个字，我们都听得清清楚楚。"那孩子会死的！"她哭喊着，"你希望那样吗？我们让孩子们来到这里，就是为了发生这种事吗？"我们所有人都想要为她呐喊助威。

"所有的孩子都是有罪的，他们生来就带着罪孽，"猪仔回敬说，"而这些孩子比其他的更加罪孽深重。我的任务就是要清除他们的罪孽，让他们能够进入天堂。我不会放下我的棍子，因为他们只认这个。而那个孩子必须得明白谁才是这儿的主人。"

"我以为耶稣基督才是这儿的主人，"她争辩说，"难道说你已经忘了这一点？你只是为了挽回自己的颜面才惩罚那个男孩，你心里清楚得很。"他们就这样你一言一语地争吵着。不幸的是，这场争吵仍旧以往常的方式告终：夜空中回荡着陶器摔碎的声音、重重的击打声、艾达撕心裂肺的惨叫声，还有狗的尖叫哀嚎声。我们知道是猪仔在踢打它。随后就是一片死寂，伴随着阵阵抽泣声。

马蒂带头唱起歌来，我们所有人都鼓起勇气加入了他："她是个快乐的好伙伴，她是个快乐的好伙伴，她是个快乐的好伙伴，我们全都这样说。"我们大声齐唱，一遍又一遍，用我们最大的音量唱着，要让猪仔听见。而他确实听见了。他走出农舍，冲我们大声吼叫让我们闭嘴，否则他就过来给我们一顿鞭子。于是，我们害怕地停止了。我觉得我们的沉默都是一种对威斯的背叛。背叛带来的罪恶感会永远像噩梦一样缠绕着你。

我们都知道，那个晚上，艾达为威斯和我们所有人作了斗争。但我们没有人知道，虽然她可能在这场斗争里败下阵来，可她还没有放弃抗争。威斯当然也不知道，我想这也是为什么他决定要做接下来的事。

第二天早上，威斯消失了，但他并不是独自一人。那天我们干完活照常回到宿舍吃午餐时，发现威斯的床是空着的。我当即推测，是艾达把他接回农舍去照顾他了。于是我跑到农舍，在屋后找到她时，她正在菜园子里翻地。她说她没看见威斯。她停止翻地，跟我们一起寻找威斯。所有人都在找他，包括猪仔贝肯，他在牧场上踏来踏去，冲我们叫喊着，让我们上这里找上那里找，一边还喋喋不休地嚷着假如威斯逃跑了，他一定会把他抓回来，拿鞭子抽到他半死。接着他或是其他什么人发现，大黑杰克也不见了。这下子他更加怒不可遏，像火山爆发一样。我从未见过如此强烈的愤怒。这位上帝之子口中无穷无尽地喷发出各种诅咒谩骂的字眼，仿佛他积攒了一辈子的东西一下子都爆发出来。

这是场精彩的表演，我们享受着每分每秒。当然，我们都跟他保持着距离，每个人暗地里都幸灾乐祸地欣赏着他毫无意义的愤怒，庆祝着他的失败。威斯成功了。他逃走了。这就是那天夜里他躺在床上跟我和马蒂所说的事，这就是他所说的"唯一出路"。威斯带着大黑杰克去远行了，而且不会再回来了。我们都希望他能够成功。我想，我甚至为此而祈祷过。

猪仔不出意料地跑去追威斯了。他骑着别的马出发了。我们一直望着远方的地平线，希望他不会带着威斯回来，但心里担心最糟糕的事情会发生。那天傍晚，我们透过宿舍的窗户看见猪仔骑着马回来了，垂头丧气地坐在马鞍上，脸上盖着厚厚的尘土，嘴唇也干裂了。他是一个人回来的。他没有找到威斯。威斯仍然出逃在外。我们在宿舍欢呼雀跃，互相拍拍背，沉浸在胜利的狂喜中，不只是因为威斯又一次成功地挫伤了猪仔贝肯的锐气，更是因为我们大家突然都开始相信，威斯能去的地方，我们也能去。迟早有一天，我们也能像他一样逃离这里。

那天夜里，在农舍又发生了激烈的争吵，猪仔一直骂着威斯是"讨厌的、不知感激的盗马贼"。我们又一次听见艾达反抗他。

"你之前那样对他，你还想要他怎么样？"

听见她奋力抗争给了我们极大的鼓舞，我们作出了非常自然的反应。我们突然齐声高唱《她是个老好人》，而这一次，猪仔没有出来制止我们。我们已经让他无话可说了。我们以为我们赢得了彻底的胜利，但我们接着就听见了澳洲野狗的嗥叫声。我们之前就常常在库珀的牧场上听见它们的叫声，还看见过它们在远处跳跃着，也见过围场里的一两具被猪仔贝肯开枪打死的野狗的尸体，他说把尸体留在那里也是对我们的一种警告。我们已经很习惯野狗的存在了。但是这天晚上，它们的嗥叫激起了我内心深处极大的恐惧。我很确信，这是某种预兆。

第二天早上，我们点过名，吃过早餐，正要去干活的时候看见了大黑杰克。它站在很远的地方，但可以肯定就是它。跟它在一起的还有十多个丛林人。我们寻找着威斯，心渐渐沉了下去。他们还没走近的时候，我们就已经看见他了。其中一个丛林人托着他。可威斯的脖子耷拉着，双手也垂了下来。他全身瘫软，而我立刻明白，他已经死了。

第十节　你看我能不能

　　我一生中见过很多死人，但威斯·斯纳奇是第一个。你永远都会记得第一个。我以为我会很害怕看他，可那个时候我却没有。他被平放在宿舍中间的长桌上，我们围绕在四周，静静地低头凝视着他。我刚看见他时，我那样愤怒，以至于都忘了悲伤，可我生气却是为了别的原因。我生气威斯没能成功逃脱，我生气他就这样让我们的梦破灭了，带走了我们寄予他的厚望。我没有生猪仔贝肯的气，暂时还没有。

　　有人开始啜泣起来，接着大家也都跟着一个个压低嗓子抽泣起来。我的整个脑袋里仿佛都装满了泪水。大家都忍不住了，一个接一个地转身跑了出去，直到剩下我和马蒂两个人跟威斯在一起。那一天，我发现死亡并不可怕，因为它是那样的静穆。它之所以静穆，是因为死亡的到来就意味着结束。因为你害怕它所以它才会可怕，自从我第一次看见了死亡，看见了威斯的死，我就再也没有惧怕过它。死亡只是一个故事的终结，如果你喜欢这个故事，那你会为它的死亡而难过。也有的时候，就像威斯的死一样，是令人伤心欲绝的。

威斯看上去不是像睡着了。他看起来也并不安详。他太静止了，太苍白了。而且我记得，他不知怎么变小了。我碰触到他的手时，感到他身体的冰凉。他的一边脸上有淤青，还有割伤。我的思绪转到了猪仔贝肯身上，我们都知道是他害死了威斯，就像他亲手射杀了他一样。我身边的马蒂跟我一样，内心深处燃烧着熊熊怒火。"浑蛋！"他说道，一开始几乎是在耳语。然后他就大声喊了出来："浑蛋！浑蛋！"就在那一刻，我们看见猪仔贝肯站在宿舍的门口。马蒂直视着他的眼睛又重复了一遍，几乎像是要在他脸上吐口水："浑蛋！"

猪仔仿佛惊讶过度，没有听见。他低头凝视着威斯。

"现在你满意了？"马蒂说。

这一次，猪仔贝肯确实听见了马蒂的话。我在他眼中看见了仇恨，也知道了马蒂就是他的下一个目标。接着艾达匆匆走进来，看见了躺在桌上的威斯。好一阵，她都一直面无表情地站在那里，整个脸都僵住了。然后她走到桌边，弯下腰亲吻了威斯的额头。她托起他的双手，轻轻叠放在一起，然后用手背轻轻抚摸着他青紫的脸颊。接着她直起身子，冷冷地看了看猪仔贝肯，推开他走出了房门。

医生来了，警察也来了。那一天牧场上进进出出的车，比我在库珀的牧场看见过的车加起来还要多。他们把威斯移到担架上，给他盖上一条毯子，把他放进了救护车的尾部。我们注视着救护车的离去，直到它消失在滚滚尘土中。那是我们最后一次见到威斯·斯纳奇。我至今也不知道他们把他埋在了哪里。那些丛林人一直待在这里直到黄昏才离开，他们聚集在小溪边，蹲在那里一动不动，举行着他们自己的仪式。

后来，艾达告诉我们医生对威斯死因的解释。他的脖子断了。她觉得他肯定是骑着马在白天的热浪中太过虚弱，以至于失去意识从马背上摔下来。她说，他死的时候应该没有经受痛苦，一切一定都发生得非常快。后来许多人对这件事情进行了询问。许多穿着制服、系着脖套、戴着帽子的人来来往往，在农舍进进出出。有一两个甚至过来检查我们的宿舍，看我们在农场上干活。他们中没有人和我们说过话。他们只是看看我们，做着笔记。

对我们而言，威斯的死没有改变任何事，除了说我们失去了我们的英雄，没有了他，我们感到前所未有的脆弱。猪仔贝肯仍旧在趾高气扬，就好像什么事都没发生过一样。他只提到过一次威斯的死，是在一次礼拜日布道时。那次布道讲的是十诫，是他最喜欢的内容。那天他突然把威斯的事给添加了进来，为了让我们重视它。"我希望你们都记住，"他说，"你们这些男孩绝对不要偷马，尤其是偷我的马。你们可以看看他的下场。这是他自己的错，不是别人的。他只能怪自己。'不可偷盗'。如果你们违反十诫，这就是你们的下场。这是给你们上的一课，你们永远不会忘记的一课。"

　　威斯死后的几日甚至数周里，我们几乎见不到艾达。她仍然会给我们送食物，但是她不说话，一句也不说。她完全不看我们，而且我们再也没在农场上见过她。即便是在星期天做礼拜的时候，她也没再出现在猪仔旁边。于是我们只能自己唱颂歌，没有手风琴给我们伴奏，只有猪仔贝肯那完全不在调上的声音。不过我们偶尔能看见她往晾衣绳上挂洗好的衣服，有时候也能看见她独自坐在农舍外的走廊上，她的狗就趴在脚边。然而就算是在这些时候，她看起来也几乎完全不关心周围发生的事。假如我跟她说话，她也不会回答我。她会直直地盯着前方，就好像完全没听见我说话一样。她几乎已经是精神恍惚的状态。她在屋里的时候一定也是这样，因为农舍里再也没有发生过争吵，而且她再也没拉过她的手风琴。

　　艾达选择了在一个礼拜天采取行动。当时我们都站在宿舍门外，头顶着烈日，而猪仔穿着他的黑色传教士服站在走廊的阴凉里，手里紧紧抓着他的《圣经》。我们又一次唱着《何等恩友慈仁救主》。

我们比他先注意到她。她正告诉她的狗原地待着别动。那狗随即坐下，然后趴下，头枕在爪子上。她穿着围裙从农舍的台阶上走下来，坚定地大步朝我们走来，完全不是她平时走路的样子。她手里拿着一支猎枪。突然大家都不唱了。艾达站在我旁边，她举起枪，瞄准了猪仔贝肯的胸膛。

"孩子们，进屋收拾你们的东西，"她说，眼睛一直盯着猪仔贝肯的脸，"快点，孩子们。快点。"我们呆若木鸡地立在那儿。大家都一动不动，除了猪仔。他走下走廊朝她走去。艾达声音冰冷地说："如果你逼我，别以为我不敢开枪。"然后她对我们说，"快点，孩子们。把你们需要的东西都带上。你们不会再回来了。"

"你疯了吗，艾达？"猪仔试图要冲她咆哮，可发出的声音却像是愤怒的尖叫，"你在干什么？"

"我要还他们自由，"她告诉他说，"这就是我要做的事。而且你说得对，我以前是疯了。还有这些，我们建起来的这个地方，这个孤儿院，还有我们所做的一切，一切以上帝的名义所做的事，都是完全的疯狂。但我现在不再疯狂了。要向这些幼小的孩子表达上帝的爱，不应该伤害他们，不应该让他们辛苦劳作直到体力不支，更不可以夺走他们的生命。一切都结束了。我要放他们走。"

我们不再等待了。我们绕过猪仔贝肯冲上台阶冲进宿舍。这意想不到的转折让我们都兴高采烈，我们把所有的衣服和物品都扔进行李箱，然后又跑出来，生怕错过屋外发生的戏剧性场面。当我提着行李箱跃过走廊的台阶时，突然想起了我的幸运钥匙。我绝对不会扔下它不管。我又冲进屋里爬到我的床上。我一眼就看见它深深卡在横梁的裂缝里，可我就是够不着不能把它抠出来，我的指甲还不够长。我想如果马蒂没有回来找我的话，我是无法拿回我的钥匙的。他把折叠小刀借给我，然后我轻而易举地把它弄出来了。我终于拿到了我的幸运钥匙。

回到屋外，猪仔贝肯站在那里，在迷乱和愤怒之间徘徊。艾达仍然举着猎枪瞄准了他，手指扣在扳机上。"现在，孩子们，"她说，"我要你们都往后站，退得远远的。快。"我们照她说的做了。当我又回头看她的时候，她正用一只手举着猎枪，另一只手从围裙的口袋里拿出一样东西，那东西看上去只是一块湿布而已。猪仔似乎立刻意识到她在做什么，比我们要快得多。他不断地哀求她不要这样做，可她走上宿舍的台阶，走到过道，同时枪口始终对着猪仔。

"待在那儿别动。"她警告他说。

"别这样，艾达，"他哭喊道，"求你了，你不能这么做。"

"你看我能不能。"她冷冷地回答。这时我闻到一股难闻的气味。是柴油。突然我们都明白了她想要做什么。"我要把这个地方烧成灰烬，"她说，"这样他们就没有地方可住了。然后你就必须放他们走了，对吧？"说完她走进了宿舍。不一会儿，我们透过窗户看见她用火柴点燃了那块布，看见窗帘着火了。然后她走了出来，浓烟从身后的门翻滚而出。她走下台阶，把猎枪扔在猪仔的脚下。

"好了，"她说，"任务完成了。"

第十一节　她是个老好人

大家就这样僵持了片刻。随后猪仔贝肯弯下腰抓起那支猎枪。"枪里没子弹。"艾达平静地说。猪仔打开枪膛看了看。我从没见过一个人像猪仔后来那样咆哮。他冲上台阶进到宿舍去时，你能看见他眼里那头野兽。一开始，他试图用一条毯子把火扑灭。我们能听见他在里面呛到和咳嗽的声音。烟越来越多，但明火已经小了。我的心沉下去了。窗帘燃起来了，但其他东西似乎都没有着火。猪仔贝肯大声叫骂着把窗帘拽了下来。

过了一会儿，他从里面冲出来，直奔向走廊上的一排水桶。这时艾达试图阻止他，但他生气地一把推开她，她跌坐在地上。他一手拎着一只装满水的桶，又一次消失在宿舍里。之后，火焰都被浇灭了。我们再一次看见他时，他蹒跚着走出来，弯下腰使劲地咳嗽，仿佛要把肺都给咳出来。但当他站起身子时，他脸上带着微笑。艾达躺在走廊上大哭着，不停地抽泣，哭得心都要碎了似的。

突然马蒂唱起歌来，一开始声音很轻，却是有意地唱着《她是个老好人》。接着我们都跟着唱起来，而且是大声唱。那一刻，这首歌成了我们的斗争之歌。我们就在他面前唱着，要让他知道我们是怎么看他的，也为了让艾达心里好受点，为了感谢她为我们所做的努力，还为了表现我们的团结一心。猪仔尖叫着要我们住嘴，可我们没有。我们一直唱啊唱，我们内心都燃起了新的勇气，还有新的怒火。然后我做了我这辈子不管是之前还是以后最勇敢的一件事，我走上台阶把艾达扶了起来。我为此挨了鞭子，整整十下，但那天以后所有人都挨了打。马蒂挨了十五下，因为猪仔说他是领头的。

那天晚上在宿舍里是我记得的最糟糕的一晚。屋里仍然弥漫着浓烟的味道，不断地让我们想起艾达是怎样差点用她最勇敢的一次尝试成功地让我们重获自由。我们完全泄气了，并感到强烈的挫败感。当期望越高时，失望就来得越残酷，尤其是当它来得如此突然。我把头埋在枕头里哭着。外面野狗的嗥叫声应和着我的悲伤。那一晚，我们大多数人都是哭着入睡的。

深夜里我被叫醒。是马蒂把我摇醒的，他的手捂着我的嘴。"起来，"他低声说，"起来，穿上衣服。我们要离开这儿。"

我仍然半梦半醒，衣冠不整，试着整理头绪。"可门被锁上了，"我说，"猪仔每次都会锁门，你知道的。"马蒂示意我别说话，他抓着我的胳膊，我们蹑手蹑脚地来到屋门口，手里抱着我们的靴子。

我们经过时只有一个人被惊醒了，他坐起来，茫然地看着我们。"你吵醒我了。"他抱怨道。说完他躺下来，立刻又睡着了。

马蒂转动门把，门奇迹般地开了。转身关门的时候，马蒂极其小心。我们蹑手蹑脚地来到走廊上，坐在台阶上面穿上了靴子。在我还没来得及问之前，他就回答了我的问题。"艾达做到了，"他低声说，"我告诉过她我们今晚要准备逃跑，但我们需要解决门锁。我猜到她会想办法打开门锁，可我并不确定。不过她真的做到了，不是吗？咱们走吧。"

我们开始逃跑，可并没有像我想的那样逃进灌木林里。相反，马蒂带着我们朝着农舍走去。我正揣测着他想做什么，他要去哪儿的时候，突然意识到我们根本不是朝着农舍去，而是马棚。大黑杰克刚看见我们时浑身抖动了一下。但当马蒂给他套上缰绳把它领出来时，它似乎相当高兴。艾达的狗突然在农舍那边吠叫了起来，吓得我后颈发麻。"闭嘴，狗。"马蒂发出嘘声，于是那狗就这样闭嘴不叫了。我知道一定是艾达帮的忙。

我们爬上一辆马车后面，从那儿爬到了杰克的背上，它是一匹高头大马，我们只有这样才能上得去。马蒂骑在前面，我在后面抓着他。然后我们就骑着它走进了夜色中。我们没有选择农场的大路，因为我们知道这条路一定会通往某个村落或者城镇，而我们想要避开人群。如果有人看见我们，他们一定会把我们送回去。因此我们特意选择了相反的路，沿着一个溪谷走进了灌木林里。我们没有回头看。我一眼也不想再看见那个地方。不过我向那些被我们丢下在宿舍里的人，也向冒着如此大的风险让我们重获自由的艾达道了一句无声的"再见"。

直到我们和猪仔贝肯之间至少有了半小时的路程之前，很长的一段时间，我和马蒂谁都没有说话。那时我们小跑着，我们笑得如此厉害，以至于说不出话来。我们成功了；我们逃出来了！大黑杰克也使劲地喘着气，我想它也在跟我们一起大笑，也像我们一样沉浸在刚刚找回的自由中。可过了一会儿，我开始想着那些被我们留在库珀的牧场的同伴，想着或许我们应该把他们都带走。（这么多年过去，我仍旧为此而感到抱歉。为什么人总是忘不了那些让你难过的事？）

这时，马蒂开始唱起《伦敦大桥垮下来》，一开始声音很轻，接着我也加入了他，一会儿我们就在灌木丛上高歌起来。

我一直不停地问马蒂各种问题，先从最重要的问题开始："我们要去哪儿？往哪儿走？"

"离开这里，"他说，"去任何能够远离这里的地方。"

"你一直在计划着逃跑？你一点都没提起过。"

"那是因为我直到昨天傍晚的处罚仪式时才想到要逃跑，"他说，"就在他打我的时候。我知道我会是下一个，我知道他会像对待威斯那样盯上我。如果我留在那里，他也会杀了我的。他迟早会杀我的。我知道他会的。接着我运气来了。在宿舍锁门前，我在马棚边上见到了艾达，我告诉她我需要帮助。她甚至都没有考虑就答应了。但她就说了一件事，让我提醒你一定要带上你的幸运钥匙。我希望你带着你的钥匙，因为我可不会再回到那里去，无论如何都不回去。"

我的心都要跳出来了。我都没多想。但我感觉到钥匙就在我口袋里，而它果真就在那儿。"在这儿呢。"我告诉马蒂。

"那就好，"马蒂说，"因为我们会需要它的。我们会需要一切可能的好运气。"

那天夜里，支撑我们一直走下去的是害怕被抓到的恐惧，还有因为重获自由带来的狂喜。我们知道自己不能停下来，哪怕一分一秒，甚至放慢脚步都不行，因为早晨点名时，一旦猪仔发现我们不见了，会立刻出发来追我们的。天亮以前，我们得有多远走多远。大黑杰克不想一直跑，他稳稳地缓步前进着，一点不觉得累，我们俩坐在它背上上下颠簸着朝着黎明的晨晖走去。我们为逃离库珀的牧场而高兴。路途中我们聊了很多，一路上使劲地大笑着。我记得当时我感到被夜晚包裹住，被吞没进夜色中保护起来。有一阵，我们看见地平线上有一些灯光。看上去像某个村落，于是我们离那儿远远的。我们对着天上数不清的繁星唱起歌来。我们唱着《她是个老好人》，直到嗓子都唱哑了。那些星星看起来离我们那么近，近得都能听见我们的歌声。

那天夜里非常冷。我们没有水、没有食物。但我们并没有担心这些，至少当时没有。我们开心得顾不上担心了，甚至连野狗的嗥叫都没有让我们不安。只有当太阳升起，当四周的灌木都醒来的时候，我们才开始感觉到我们正身处一片陌生的荒野中，方圆数英里内，除了矮灌木和树之外什么都没有。在沿着一条干涸的小溪走了一阵后，我开始感觉到了烈日的灼热。那是我第一次感到口渴想要喝水。我们已经不说话了，也没有了笑声。我开始意识到这地方有多么的无边无际，而我们有多么的迷失。但我不想说出来。大黑杰克继续往前走着，依旧那么的坚定而稳当。它似乎知道自己要去哪儿，这让我放心了许多。

当马蒂终于又说话的时候，他说出了我最担心的事。"我感觉不太好，"他说，"我们来过这儿了，那会儿天还比较暗。那时我们是从另一个方向走过来的。而且我一直在想一件事，是威斯告诉我的，他非常懂马。他说马永远不会迷路。它永远能找到回家的路。我想大黑杰克也许正带着我们往回走，回到库珀的牧场。"

第十二节　像大海一样宽广

　　我们俩就这样陷入了绝望中。当我们走出橡胶树的树荫时，灼热的阳光立刻削弱了我们的力气，也抽走了我们的精神。对水的需要很快就变成了一种渴求，找水的念头一直缠绕着我们。几个钟头以后，无论我们怎样努力要避开这个话题，我们能谈论的还是只有水。我已经完全不在乎大黑杰克是不是正径直往库珀的牧场走，直接走进农舍，也不在乎猪仔是不是正寻找我们的踪迹朝我们追来。地平线上每一个像水一样闪耀的光芒都让我们满怀希望，可我们很快就发现已经不能再相信自己的眼睛。海市蜃楼一次次地嘲弄着我们。我们尽可能地无视它们。可是海市蜃楼只有当你意识到它是海市蜃楼时，才能被叫做海市蜃楼。直到那之前，你都以为那是一汪清澈的冰泉、一池的希望在等待着你。这种残酷的恶作剧一次又一次地惹得我跟马蒂相互争吵。可到后来，我们连争吵的力气都没有了。

我们一直走的那条溪谷里全是沙子，但在岸边上有一块块荆棘和矮灌木，还有一簇簇散落着的粗壮的橡胶树。我们想，有树的地方应该就有水。可我们想得太简单了。我们沿着干涸的溪谷一直往前走，期盼着能突然发现隐藏在阴影中的水池，但是所到之处除了已经干成了尘土的泥土外，什么都没有。没有一点水的迹象。随着我们毫无意义地搜寻，空中的烈日也越升越高，迸发出更灼热的火焰。

　　那个时候，要集中思绪决定某样事情是如此的难。但我们还是努力地集中精神作出了一个决定。我们对此倾注了我们残存的全部希望。我们看见溪谷一侧的地面向上延伸到了一座险峻的花岗岩悬崖。我们想，站在悬崖的顶端一定能看见方圆数英里范围，一定能找到一条河流或者水塘。可是大黑杰克拒绝离开溪谷，我们也很清楚自己不能跟强壮的它相争执。它只往自己想去的地方走，不容商量。后来我们只能从它背上下来，牵着它爬上斜坡来到悬崖最高点。

　　整个澳大利亚都呈现在我们眼前，它看上去像大海一样宽广，也跟大海一样荒凉。我们看见那条溪谷蜿蜒着穿过灌木林，与其他的溪谷会聚成了一条在矮灌木中穿梭的巨大沙带，但是放眼望去没有看到水的亮光，连一点微微的反光都没有。这时候，我真的开始期盼猪仔贝肯能找到我们，把我们带回到库珀的牧场去。我知道他肯定会揍我们一顿，可我不在乎。我一心想着走廊上的那些水桶，只想着要把头埋进水桶里挨个儿把它们都喝个底朝天。

马蒂没有像我一样想入非非，他没那么容易就放弃。他兴奋地指着某个地方，并发誓说那儿肯定有水，远处确实有一片更青翠更茂密的植被环绕着一些非常高大的树。可那地方远在数英里之外，看上去遥不可及。可我并没有把这想法说出来。"既然那里有绿洲，那附近就一定有水，"马蒂说，"一定有的。走吧。"就算是悬崖下有大石头可以让我们直接跳下去，我们也没有那个力气了。我们要使尽浑身的力气才能行走。于是我们领着大黑杰克走下山来，又走进了溪谷里。

我们终于找到了马蒂说的那片绿洲，但这一路几乎榨干了我们身体里的最后一丝力气。这里有很多树，也很青翠，可我们没有发现水。此时，我们已经受尽了烈日的荼毒。我的脑袋眩晕得让我觉得自己快要晕倒了。我一直蹒跚着，马蒂也是。大黑杰克喘着粗气，满身大汗地踱步进了树荫深处，把脑袋靠在一株树干上，三条腿立着休息起来。它跟我们一样也受够了。它也坚持不下去了。它用自己的方式告诉我们，一开始就不应该冒险在烈日下长途跋涉。

我们在旁边躺下来。我蜷缩在马蒂背后寻求安慰。他说：

"我们会没事的。"可我知道，我们离没事还差得远。即便是这样，听到他这么说仍然使我振作了一点。我试着不去想我一旦睡着可能就再也醒不过来，可是做不到。当睡意袭来时，它来得正是时候。

我醒来的时候已经是傍晚，我立刻意识到我们周围有人。十几个丛林人，有大人有男孩，正蹲在几步之外。他们正专注地观察着我们，像他们身边的石头一样一动不动。我一直摇晃着马蒂，直到他醒过来看见眼前发生的事。"又是他们，"他低声说，"就是他们把威斯给带回去的。我认出他们来了。"

"说话呀，"我说，"你得说点什么。"

"喝水，"马蒂一边说一边做出喝水的动作，"水，我们需要水。明白吗？"他们当中个子最高的一个人走上前来蹲在我们旁边。我也认出了他。他就是那个到艾达的家里治好我被蜘蛛咬伤病痛的那个丛林人。他对我笑了笑，好像很高兴能被有过一面之缘的人记得。他伸出捧成杯状的双手，手里捧着各种水果，有红色的、绿色的，像李子但又比李子更圆一些。我们狼吞虎咽地全吃了。我不记得它们的滋味了，但我记得我们享受着水果丰富的汁液，把每一滴都吮吸得干干净净。他们也给了大黑杰克一些水果，它急切地把它们都吸进了嘴里。

接着他们示意我们站起来，骑上马。我们试了一下，可他们很快就看出我们需要帮忙。我被轻而易举地举起来跨坐在大黑杰克背上。马蒂也被他们举起来，这回他坐在我身后抓着我。其中一个丛林人牵着缰绳，领着我们沿着溪谷前进。他们走在我们周围，小孩子们抬头冲着我们微笑。当我也冲他们笑时，他们大声地笑起来，我知道他们不是在笑我，而纯粹只是开心而已。就算现在想起来还是令我感动。那只是很短暂的一个片段，同时也是让我一直非常珍视的美好片段。

"他们正带我们回去，"马蒂在我耳边悄悄说，"就像他们带威斯回去那样。"

"只是我们现在还活着。"我说。

大约不到一小时，他们带着我们穿过一片低矮繁茂的树林来到了一个隐秘的水池，池里全是深色的岩石。一阵傍晚的凉风掠过水面带起阵阵涟漪。我们急不可耐地冲上前，大黑杰克也是。它一路小跑到池边，甚至还没等我们从它背上翻滚下来就已经开始豪饮。我们就在它旁边，三个并排在一起，敞开肚子使劲地喝着。接着，大黑杰克把水甩得我俩浑身都是，丛林人都大笑起来。他们也喝了些水，不过不像我们那么急。他们没像我们似的贪婪地大口豪饮。他们用一只手舀起来，然后小口地喝。不一会儿，他们升起了一堆火，用渔叉抓了一些鱼，然后把它们做熟了。我试着要像他们一样细嚼慢咽，但这并不容易。吃完后他们又送来更多的水果、更多的浆果。大黑杰克在附近吃着草。我们能听见它咀嚼的声音，牙齿也吱嘎作响。它也吃得很开心。

天色很快暗下来，我以为我们会开始睡觉，可是并没有。他们又把我们托上大黑杰克的背上，然后我们一起走进了浓浓的夜色中。我抬起头，发现星星又一次布满夜空。我想起了前一天的晚上，想起我们有多开心可以重获自由，想起我们是怎样对着漫天繁星放声歌唱的。现在我们正被带回库珀的牧场，却对此束手无策。我很疑惑为什么这些丛林人要这么做，会不会是猪仔付钱让他们来追捕我们并把我们带回去。但我想应该不是这样，毕竟我见过猪仔是怎样用马鞭把他们从农场驱赶出去，只因为他们靠得太近。我对马蒂耳语说，我们可以试着跟他们说我们不想回去，可他觉得这样做毫无意义。"他们完全听不懂我们在说什么，"他告诉我，"那跟他们说又有什么用？"

一整晚我都在害怕第二天早晨的到来，害怕看见库珀的牧场，害怕又在处罚仪式上站在大家面前，伸着双手，强忍着泪水。我越想就越对第二天的到来感到恐惧。于是我拿出口袋里的幸运钥匙，紧紧地握着它，手都握疼了。我想要从里面挤出一点好运来，因为我现在比以往任何时候都更需要好运。

我渐渐开始担心，就算是我的幸运钥匙也不足以解救我。所以我开始祈祷。我想到了艾达，想到她为我们所做的一切，也想到假如猪仔知道是她给我们打开了宿舍的门锁，她会有多么大的麻烦。我伸手摸了摸脖子上挂着的那个小木头十字架，心里想着艾达。我拿着它为艾达祈祷着。不过老实说，我更多的是为自己祈祷。到底是我的幸运钥匙还是那个十字架起了作用，我不得而知。从那以后，我一直试图要弄清楚这个问题，直到现在也是。

第十三节　一对衣衫褴褛的稻草人

　　直到过了好几天，我跟马蒂才开始期望这些丛林人根本就不是在把我们带回库珀的牧场。我们都不相信他们会迷路。他们似乎认识每一条路、每一棵树，还有这迷宫般的荒野之中的每一条溪谷。他们找到的浆果从来都不是意外的发现，还包括他们挖出的根和领我们去的水池。他们对这一切都了如指掌。他们就属于这里。他们轻而易举地穿过灌木林，很难想象他们会在这里迷路。那么假如他们没有迷路，也没有故意带我们绕圈子，而且这么长时间过去，我们还没有到达库珀的牧场，那么有理由相信，我们并没有往牧场走。那他们到底要带我们去哪里呢？我跟马蒂相互问了好几次这个问题，却一直没找到答案。

　　时间慢慢过去，周围的灌木林看上去越来越陌生。这地方的植被比先前要茂盛得多。周围有一个个小山坡，山谷里有更多的农场和村落，不过丛林人似乎在尽量地避开它们。现在我们确信，不管出于什么原因，他们的确不是在带我们回库珀的牧场。跟他们在一起的时间越久，我们就越肯定这些丛林人不会对我们构成威胁。他们或许不跟我们说话，或许一直跟我们保持着距离，又或许时常不顾我们反感地盯着我们看，但他们从来都没有一点敌意。相反，他们非常保护我们，而且对我们非常感兴趣，就像我们对他们一样。那些小孩子觉得我俩非常有趣，尤其是当我们微笑的时候，所以我们就常常对他们微笑。他们跟我们分享食物，有浆果、植物的根、水果，有一次还有烤沙袋鼠。水也任我们喝。

马蒂有一两次试着问他们我们要去哪儿，不过只得到了更多的水果或浆果作为回答。所以他也就放弃了。在我们骑在大黑杰克的背上，或在夜晚继续前进，或在树荫下歇脚的时候，我们俩一直在思索。也许他们并没打算带我们去哪里。我的意思是，他们看上去根本没有一个明确的目的地。看上去他们只是很高兴可以就这样一直前进，就这样活着。或许他们要收留我们在他们的部落里，而我们的余生将一直这样跟他们一起在林中流浪。又或者他们还没决定要怎么处置我们。也许有一天，我们醒来就会发现他们已经离开。我们真的没关系。唯一可以确定的是，我们已经离库珀的牧场非常遥远，一天天越来越远。我们要去哪儿不重要。有时在夜里，我们会看见远处的点点灯光，也许是更多的村落，不过我们从未想过要逃走。我们跟他们在一起很安全，没有理由要离开他们。

我不确定我们的旅途持续了多长时间，也许是五六天。我只知道这段时间长得足以让我跟马蒂觉得我们会永远这样走下去，而我们在某种程度上也的确被他们收容了。跟他们在一起时，我开始感觉到很舒服，不是因为他们变得比较不那么缄默，因为他们没有。保持距离似乎对他们来说很重要。可孩子们不是这样。我们很快就不只是互相微笑或是大笑了。我们在水池中互相泼水。我们打水漂，扔小棍，彼此偷袭。有一个孩子骑在马蒂肩上，他们中最小的常常跟我们一起骑在大黑杰克背上，享受着每分每秒。我们渐渐在他们中间找到了归属感，开始感觉自己被接纳了。也就是因为这样，当我们的旅程终于结束时，我们更加感觉到自己被抛弃、被拒绝了。

我们已经持续一两天在山地间穿行了，大黑杰克开始觉得行走很困难了，不只是因为山地崎岖。我们知道袋鼠让它觉得很紧张，但到目前为止遇到的袋鼠还不算多。可现在袋鼠到处都是，这让大黑杰克很不高兴。透过昏暗的天色，我们能看见袋鼠们掠过的身影，而大黑杰克也看见了。在它背上，我们能感觉出它开始紧张。我们跟它说话，试图让它冷静下来，抚摸它的脖子，轻轻拍拍它，可这些完全不起作用。它的耳朵疯狂地摇动着。它会晃动脑袋，冲它们打着响鼻。最糟糕的是，它会毫无预兆地突然停下。很容易让我们从它背上摔下来。那些孩子看到这种情景总是乐不可支，可对我们就是一种痛苦了。最后我跟马蒂决定步行，这样比较好也比较安全，也能让大黑杰克休息一下。于是，在整个旅程的最后几个夜晚，我们俩轮流牵着大黑杰克，跟着丛林人一起步行。大黑杰克似乎更喜欢这样。它不那么经常喘气和打响鼻了。跟他们在一起的最后一个晚上，分享着夜晚的寂静和天上的繁星，我真的感觉到自己是他们的一员。

第二天日出时，我们爬上一座高山的山顶。山路漫长而崎岖。山脚下是一片绿色的谷底，一条小河从中间穿过，还有不计其数的树木，我从未见过这么多的树。丛林人在我们前面的山顶上停下脚步，互相交谈着。我以为我们要停下来休息一下，这让我很开心，因为我的腿已经很累，我也渴望着食物和睡眠。我坐下来查看脚底下扎着的一根刺，它一直让我很难受。大黑杰克在我旁边满足地啃着草。

突然马蒂叫喊起来："他们走了！他们要离开我们！"果然，那些丛林人正离开我们，往我们来的方向往回走，小孩子们边走还时不时地回头看看我们。我们追在后面一遍遍地喊他们，可他们还是没有停下。接着他们转过一座山不见了。

"为什么？"马蒂说，"为什么是这里？他们为什么把我们留在这里？"

　　我们一言不发地站在那里，两人都试着要搞清楚发生了什么事，试着要弄明白他们为什么要这样对待我们。我们完全手足无措。这样的分别来得太出乎意料、太突然、太奇怪。没有一句再见，甚至连挥手告别都没有。

　　这时，大黑杰克又打起响鼻来。我看了看周围是不是有袋鼠。但是一只也没有，或是我们没有看见。可是大黑杰克嚼草嚼到一半，突然停下来了。它抬起头，竖起了耳朵。它长长地大声嘶叫了一声，响彻整个山谷。它抬起鼻子，嗅了嗅空气，仔细地听着。我们能听见笑翠鸟和粉红凤头鹦鹉的叫声，还有黎明时分灌木林里的各种声音，不过没有任何不寻常的。紧接着，我们就听见了口哨声，在吹着歌，而且是一个女人在吹着，还有马蹄声和马鞍的吱吱声从我们脚下的树林里传来。大黑杰克又嘶叫了一声。

　　一匹高大的枣红马走出了树林，朝我们所在的山走了上来，背上驮着一个戴着宽檐大草帽的骑手。然而，吸引我们目光的既不是这匹马也不是那个骑手，而是他们身后的一大队各种生物，全是幼崽：有袋熊、沙袋鼠，还有小袋鼠。那个骑手越走越近，我能看见她的脖子上还环抱着一只树袋熊，正趴在她肩上看着我。她骑着马直接来到我们面前，让两匹马碰碰鼻子互相查看着。与此同时，她也摘下帽子，上下打量着我们。我一直记得她跟我们说的第一句话：

"哎哟，"她说，"看看那只猫带来了什么。不过也可能不是那只猫，对吧？你们是怎么到这儿来的？"

"是丛林人带我们来的。"马蒂告诉她。

"我猜也是。那你们是流浪儿还是迷路了？他们只带流浪儿和迷路的给我。他们知道我收集这个。他们不吃小的，除非是迫不得已。他们都是好人。要我说，是最好的。你们从哪儿来？"

"英国。"我说。一只袋熊在我脚边拱着土。

"没关系。它不会咬你，"她说，"那你们走了相当长的路。"

"我们之前在库珀的牧场，"马蒂说，"我们逃出来了。"

"我知道库珀的牧场。贝肯先生的，对吧？他收留的那些孤儿都在那儿。"她继续上下打量着我们。

"在他们搬到那里之前，他曾经是镇上的传教士，"她接着说道，"如果说有一样我无法容忍的事情，那就是任何一种形式的狂热者，尤其是那些宗教狂热者。你们从那儿逃出来，看来是个明智的选择。你们现在得找个容身之所。"

我跟马蒂对视了一下。这时，她掉转马头要离开，那群小动物也都跟在她身后。"你们要不要跟我走？"她大声说，"如果要走的话，就带上你们那匹可怜的大黑马。它看上去饿得够呛。说到这个，你们俩看来也一样的饿。你们俩看上去就像一对衣衫褴褛的稻草人。我很快就会让你们胖起来的。要走的话就赶紧跟上。别考虑那么长时间。我们没那么多工夫等着。"

我跟马蒂根本就不需要考虑。我们跟在了那群动物的后面，而大黑杰克也跟我们一样，步履中添了几分跳跃。"你的那把幸运钥匙，"马蒂说，"你还带着吧？"

"是的。"我答道。

"我只想说，千万别弄丢了。"他说。

第十四节　亨利那糟糕的帽子洞

我们知道自己要回家了。我们知道，大黑杰克知道，我们都知道。它以崭新的心情迈着步子，一直对着它前面的一大队动物打着响鼻。显然，对于大黑杰克来说，袋鼠的体型大小是很重要的，在骑马的女士旁边蹦跳着的小袋鼠对它来说毫无威胁。它什么也不担心，我们也什么都不担心。假如说之前我们在库珀的牧场的日子是地狱的话，那么我们现在正骑着马儿走向天堂。

我们一直在寻找着某种房屋。可我们看见的只有树木和绿色的小围场，再望过去是蜿蜒的河流，远处有我见过的最蓝的山。突然，一间低矮的长棚屋出现在眼前，屋子的一头有个烟囱，周围还环绕着一圈走廊。不远处有个池塘，一群鹅从池里上来迎接我们的到来，发出阵阵嘎嘎声，接着又是母鸡和小鸡们的一阵躁动。这个地方在接下来的七年里成了我们的家，也是我的第一个家，我童年的家。从那以后的每一天，我都心存

my fair lady......

感激，感谢艾达，也感谢那些把我们带到这里的丛林人，他们一定自始至终都知道我们需要的是什么。

她称这个地方叫方舟，原因显而易见。你能想到的每一种家养动物在这里都有：山羊、绵羊、一些猪，一头名叫巴纳比的面容哀伤的驴，三头奶牛和它们的牛犊，当然，还有她的那些野生动物大家族。每一只家养动物都有名字，可我只记得巴纳比和一头名叫普格力的奶牛，这可不是个容易被忘记的名字。

她没有给那些野生动物起名字，她说因为它们只是过客，除了其中的一只。亨利是一只袋熊。她说亨利应该还在睡觉，它不大喜欢陌生人。亨利已经跟她在一起七年了。它自从来了之后就再也没有离开过。它住在走廊台阶下面的一个洞里，喜欢收集帽子。事实上，它还偷帽子，任何它能找到的帽子，这就是为什么她一直把帽子戴在头上的原因。亨利睡在洞里它积攒的帽子上非常开心，它也许是全世界最快乐的袋熊了，不过她说这并不难，因为袋熊算不上是最快乐的生物。

"你们过会儿可以自己去看看，"她告诉我们，"不过你们看的时候千万别吸气。那洞里面糟糕透了。臭气熏天。我们的亨利个人卫生可做得不太好。"

在跟我们介绍她自己之前，她就挨个儿把她的整个小动物园都给我们介绍了一遍。她是在我们用早餐的时候给我们介绍的，这顿早餐可以算得上是一顿盛宴了，有鸡蛋、吐司和果酱，还有牛奶。我们狼吞虎咽地都吃了下去，一边还是对于我们这非同寻常的转运感到难以置信。她一直等到我们把最后一粒面包屑、最后一滴牛奶都消灭掉。我们很快就会发现，她一直都是这样。她能凭直觉了解到我们大家，也就是她的"孩子们"的需要和恐惧，这就是为什么从第一天开始，我们就感觉到跟她在一起很轻松，也是为什么无论小孩或者是小袋鼠都那么爱她和信任她的原因。她拯救了我们大家。我们之所以爱她，并不是因为我们欠她什么，而是因为爱她这个人。

她想要倾听我们的故事。于是马蒂把一切都告诉了她，他一直都比我更善于言辞。在她听马蒂讲我们的故事的时候，我一直观察着她，看见了她脸上的悲伤和愤怒。我看见帽子下的她比我想象的要老一些。人在小时候总是分辨不出成年人的年龄，成年的人们只是有些老，很老或者非常老。她很老了，大概五十五岁（我只是猜测，因为我从来没有问过她）。她花白的头发长及肩膀，太阳穴边上的头发接近全白，而这个暴露了她的真实年龄。她常常微笑，每当她微笑的时候，她整个人都亮了起来。她也很爱大笑。她的很多事情我都已经记不清了，还有很多别的事情也都记不清了，但我耳边仿佛仍能听到她的笑声。那笑声总是能温暖我。直到现在，当我想起她的笑声时仍然能感觉到这种温暖，因为她的笑声中都是爱，没有嘲笑，除了自嘲。她看你的方式和说话的方式都带着一种率直。

"好吧，既然你都给我讲了你们的小故事，"她说道，"那我也给你们讲讲我的。这样我们就能更了解彼此了，不是吗？"

于是，她告诉了我们她是谁，还有她为什么会跟她身边的各种动物和帽子洞里的亨利一起生活在这个方舟里。我们充满渴望地听她讲着，因为她非常善于讲故事。她能用词句在你的脑海中描绘出一幅幅图画，还能碰触到你的内心深处。

"我的名字是梅格斯·莫丽，全名是玛格丽特，不过你们就叫我梅格斯阿姨好了。就这样叫我吧，大家都是这样叫的。我什么都能干一点，种点地，写写诗，我特别喜欢诗歌，我还在我的棚屋里造船，因为米克就是造船的。你们在这里四处都能看见他的照片。他是我的丈夫，在战争中死去了，这让我很悲伤，但对他来说更可悲。他的军舰在护航的途中沉没了，所以他现在也是海底的一部分了。我想那里也算是个不错的安息之所。他一辈子都在做模型船，有一些还下水航行过，各种各样的船，最后的一艘是驱逐舰。船就是他的生命，船和我。所以现在我也造船，因为他教过我，而我也很喜欢。不过我没有为了米克的死而终日郁郁寡欢，至少不常是。人生太短暂了。

"而且，这里有太多的事情需要我去做。许多年前，我跟米克刚来到这里时，他在路上发现过一只死掉的沙袋鼠，是被一辆愚蠢的卡车给轧死的。他看见一个小脑袋从那只沙袋鼠的育儿袋里探出来，那小家伙还活着！于是他把它带回了家。那已经是大约二十年前的事了。那个小家伙是这数百小动物中的第一个，现在也许已经是数千小动物了。从那天开始，我们每天都会轮流在黎明的时候去路上查看，只要我们发现有成为孤儿的动物，负鼠、小袋鼠或者是袋熊，我们就会把它们接回家。那些丛林人肯定是听说了这些，因为他们也会把找到的小家伙送到这里来交给我们。他们不怎么说话，但他们的心地都非常善良。

"不过我们不会一直把它们留在这儿。也不会抱它们，完全不会。我们只是喂养那些小家伙，照顾它们。尽量不去驯养它们，除非必要，甚至都尽量不去碰触它们。一旦被驯化了，它们就永远无法回到野外了。因此我们只是照顾它们，直到他们足够强壮。接着我们会带着它们一起到山上徒步旅行，如果有一两个愿意留在那里，我们也不会介意，因为这正是我们想要的。它们回到了自己应该去的地方。

"战争爆发后，米克参加了海军，我依然继续这些工作。后来他没有回来，我还是继续做着。这似乎是我应该做的事。所以，我就在这里写我的诗，造我的船，照顾我找到的那些需要我的任何人或者任何动物。而今天早晨，我发现了我之前从没发现过的，从林人留给我的两个衣衫褴褛的稻草人。于是我告诉自己：他们这样做是有原因的。现在我知道这个原因了。我知道了你们为什么会在那里，而你们也知道了我为什么会在那里。你们想在这里待多久就待多久，就跟外面那些小家伙一样。"

我们俩随后走到围场里去看大黑杰克。它正试着要跟梅格斯阿姨的马和巴纳比交朋友。可是巴纳比不怎么乐意，它甚至都不太愿意杰克接近梅格斯阿姨的马。我听见梅格斯阿姨的歌声从屋里传来，我觉得自己是这世上最幸运的人。在那第一天里，我虽然没有掐自己，但确确实实好几次怀疑我和马蒂是不是在做着同样的一个梦，怀疑过是不是当我们醒来后就又会回到库珀的牧场。

不过第二天早晨，当我醒来的时候，我看见马蒂沉沉地睡在床的另一头，屋里四周摆着一圈架子，上面全是各种各样的帆船模型，那时我意识到，这一切并不是梦境。我听见床底传来东西挪动的声音，低头朝下一看，发现一只袋熊正抬头看着我。它的嘴里叼着我的一只袜子。梅格斯阿姨走进门来，给我们一人端来一杯牛奶。"看来你已经见过亨利了，"她说，"忘了告诉你们了，它连袜子也偷的。"

第十五节　我一定要到海滨去

原来亨利不只是偷帽子和袜子而已，它会偷走它喜欢的任何东西。所以我们从来不会把我们的衣物随处乱放，包括鞋子和毛巾。梅格斯阿姨说一旦它进屋，就让我们把它轰出去；不过迟早它会找到某种办法又跑进来。而且梅格斯阿姨说得没错，它的确很臭。如果它在屋子里，我们总会未见其身先闻其味，而且在我们把它赶出去以后，它的臭气还停留在屋里迟迟不肯散去。不过就像梅格斯阿姨一样，我们还是非常喜欢它。我想是因为它看着你的表情。它的眼睛仿佛在说："好吧，我知道我很丑，而且我还偷东西。不过人无完人，对吧？所以就别对我那么苛刻了，行吗？在你的内心深处，你一定是爱我的，所有人都是。"

用牛奶瓶给亨利喂食是一件远比其他杂活有趣得多的事。我和马蒂常常为了谁应该来完成这项一天中的最后一项任务而争执。获胜的人可以坐在亨利的洞穴上方的走廊台阶上。它会爬到你的大腿上，翻滚过来仰卧着等着喂食。梅格斯阿姨说它总是长不大，她一直试着要改变它这种习惯，不过它会一直抱着她的腿不放，直到她觉得非常愧疚，无法拒绝它为止。就这样，亨利一直可以享受它的牛奶，而且一定要用瓶子来喂。

在方舟里，我们还是有工作要做的。我们给奶牛和山羊挤奶，还学着做黄油和奶酪。我们劈木头，喂母鸡，我们试图让鹅闭嘴别叫以免在晚上招来野狗，却被鹅追着跑。不过，现在这些工作是我们自己想要做的，因为我们想要出一份力，也因为我们喜欢跟梅格斯阿姨在一起。我们的手磨起了水泡，背也酸痛，但我们毫不在意。每天早上，她会带着我们沿着大路走上数英里，我们会沿着路边走，一个在左，一个在右，寻找任何受伤的动物。有时候我们能找到一些，不过更多的时候当我们发现时，那些动物已经死了。但是，我们时不时还是会走运的。

我记得第一次找到一只小袋鼠蹲在它死去的母亲身边瑟瑟发抖的时候，我难以克制内心的兴奋，大声地喊梅格斯阿姨。她跑过来把它抱了起来。关于对待它们的方式，她非常严格。她从不允许我们给它们喂食或者接触它们。如果它们还很小，她会让它们在厨房炉子边的箱子里待上一段。我们可以蹲在旁边看，不过不可以触摸它们。一旦它们长到足够大，就会让它们到院子里跟其他动物生活在一起。我和马蒂可以在院子外面透过拦着的网看几小时，不过只有梅格斯阿姨才可以进去。但是她从不跟它们说话，也从不抚摸它们。只是给它们喂食而已。

在她骑马带那些动物回丛林里的时候，从不让我们跟着，只有那些成了孤儿的动物，她的那些"小伙伴"跟在她身后。她说，如果我们跟着去了，只会干扰它们。她坚持认为，必须成功地把它们重新送回到野外，否则我们救它们就没有意义了。她很清楚地表明，这样做不只是要练习多愁善感，不是要为了满足她自己。而是为了要给它们一次重生的机会，它们都值得拥有这样一次机会。她说，所有生命都值得拥有这样一次机会，无论是人还是动物。

梅格斯阿姨在她那半鸡舍半车库的农场大棚里停放着一辆旅行车。由于母鸡们总是爱蹲在那辆旅行车上，所以那辆车成了我这辈子见过的最脏乱的车。不过我们很喜欢这辆车。去往十多公里外的城里，是件难得的乐事。她开车的时候常常唱歌。她之前经常唱歌，她说唱歌让她感到快乐。她教我们唱所有的歌，然后我们跟着她一起唱，我们三个的歌声非常吵闹，可我们乐在其中。她会唱《伦敦大桥垮下来》的全部歌词和曲段，比我认识她之前知道的还要多。

我们不常常进城，大概一周一次。她会戴着草帽大步流星在前面走，我们俩就紧跟在她身后。所有人都认识她，她也认识大家。他们起初都对我们俩相当好奇。她没有解释我们是谁、我们从哪里来。她只是说我们是她的"孩子"，仅此而已。这样说的确没错。我们是她的孩子，她就是我们的母亲，也可以说是我们唯一知道的母亲。

她是在我们第一次进城的时候，带我们去警察局的。在去那儿的途中，她告诉我们，她已经考虑了一阵子，觉得应该要有人采取一些措施了。除此之外，她什么都没有说。她领着我们到了办公桌前，说我们一定要把曾经告诉她的那些发生在库珀的牧场的事情一五一十地全部告诉这位警官。于是我们就照她说的做了。那位警官把我们说的全都记录了下来，一边还不住地摇头。过了一段时间后，梅格斯阿姨告诉我们，库珀的牧场被关闭了，那儿所有的孩子都被新的家庭领养了。这让我很高兴，因为猪仔再也无法殴打孩子们了。但我更多的是为艾达感到难过。我记得那时我们不想知道任何关于那个地方的事情，我想要忘记那里的一切。仅仅是库珀的牧场这个名字，就足以让我想起那一切，而我再也不想想起来了。

然而，你想要想起的不一定就是你实际上想起的。事实上，在库珀的牧场那些记忆在我的一生中都时常像噩梦一样回来纠缠我，即便是那些跟梅格斯阿姨在一起的快乐的日子里也一样。那些日子之所以快乐，是因为那是我最无忧无虑的时光。当我读到自己刚写下的文字时，我知道听起来就像是我正沉浸在对往事的回忆中，沉醉在方舟的美好田园生活里。我很难克制自己。毕竟在库珀的牧场的经历后，这世界上的任何事都仿佛天堂一样。

梅格斯阿姨也许是这世上最和善的人了，不过我们很快发现，她也有严厉的一面。没过多久，当她发现我和马蒂都没有上过学，而且我们都不会读写的时候，她感到非常震惊。从那以后，她每天早晨都让我们俩坐在厨房的桌边，教我们读书写字，每天都按时上课，雷打不动。我不想谎称我们俩是勤学好问的学生，我们只想着要到外面瞎玩、爬树、骑马、搭帐篷，跟亨利或普格力聊天，或者是想办法让巴纳比打起精神来。我们要花费数小时时间，才能让巴纳比叫唤一声。而这一声叫唤我们推测应该跟笑声一样，我们总是会一直跟它待在一起，直到听到它的叫声为止。遇到下雨的时候，我们更愿意跟梅格斯阿姨待在她的大花棚里，她在那里做模型船，我们也一起做，她教过我们怎么做。

不过，她说首先得上课。我们没有跟她争辩，不是因为我们害怕她，而是因为我们都清楚，她是为了我们好。她很直接地表达对我们的感情，我们也知道她希望能够给我们最好的培养。"有一天，"她说，"你们会离开这里到外面的大世界里，像所有人一样自谋生路。要自力更生，你们得学习。你们现在学得越多，今后的生活就会越有趣。"于是我们俩都坐下来认真地学习，虽然有时也不太情愿，不过并没有抗拒。

作为教学的一部分，梅格斯阿姨给我们讲了许多她从丛林人那里听来的故事和传说，还有来自英国的民间故事。她会读传说故事给我们听。晚上，她会在炉火旁给我们读小说，读罗伯特·路易斯·斯蒂文森的《金银岛》（这是我们反复要求的），每晚读一个章节。还有拉迪亚德·吉卜林的《原来如此的故事》、《草原上的小屋》和《海蒂》。她很喜欢《海蒂》，她说会读这本书给我们听，即便这本书是女孩儿读的书。不过我们最爱的是里奇马尔·康普顿写的《威廉》系列。有时候她会笑得太厉害以至于读不下去。（后来等我们学会读书认字以后，我们读了一些给巴纳比听，不过它一点也不觉得有趣，一声也没有叫唤。）

梅格斯阿姨最喜欢的还是诗歌。她说，是米克让她喜欢上了词汇的读音。他常常读给她听，通常都是关于大海的诗歌。《海洋狂想曲》、《货轮》，还有总让我们发笑的《"南希贝尔"号逸事》，以及米克的最爱《古舟子咏》。她会靠在椅子上给我们读，每一次她读出的文字都会再次把我们带到海边。五十多年过去了，我仍旧非常喜欢这些诗，《古舟子咏》是我最喜爱的一首。全诗从头到尾，我都烂熟于心。我常常读它，每次读的时候，她的声音都会在我脑海中响起。她告诉我们说，她也写诗，不过是私下写的，无论我们怎么吵着要听，她始终不肯读。"我的诗就像是日记，"她说，"只有我自己可以看。"

梅格斯阿姨是个很注重私人空间的人。你一定很清楚什么时候问得太多，比如说马蒂在看着壁炉台上那张米克身穿水手服、手里抱着个小男孩的照片时。当他问她那个小男孩是谁的时候，她没有回答。当他再一次问的时候，她说："是你不认识的人，我也不认识。"她声音中突然出现的冷淡会告诉你，她对此不会再多作解释。我们猜那肯定是她的儿子，可我们再也没敢问过她。

梅格斯阿姨家里有太多奇妙的事，多到以至于改变了我的人生。首先，我们找到了一位母亲，或许这使得我跟马蒂变得更像真正的兄弟了。我们一起学习了怎样造船，虽然只是模型船，但是这些模型船就是我们一生的大海情结的开始。我们会聆听梅格斯阿姨给我们读那些关于大海的诗歌，彻夜长谈着我们俩要怎样去往大海，成为像米克那样的水手。我学会了《古舟子咏》，在梅格斯阿姨生日的时候背诵给她听。她闭上眼睛听着，当我背诵完，她睁开双眼时，眼里满是泪水和爱。马蒂说我背得还不错，只不过犯了个小错误，漏掉了一小节。于是我用靠垫扔他，他也用靠垫回敬我。我们俩都没打中，接着三个人都大笑起来。亨利急忙跑进来看哪里来的噪音，它看了我们一眼，认为我们都疯了，捡起靠垫转身走了出去。那是我一生中最快乐的时刻。

第十六节　炒鸡蛋和烤豆子

梅格斯阿姨出事故的时候，我们已经在方舟生活了四五年的时间。那天我跟马蒂在河里游泳。我们常常游泳，只要天气允许而且河里水量足够。游泳也是梅格斯阿姨教给我们的。"游泳差不多跟诗歌一样重要，"她说，"这是最好的锻炼。有一天还能救你们的命。"

我们漫步走回家，但当我们呼喊梅格斯阿姨时，她却没在家。我们扫了一眼空空的院子，立刻明白她去了哪里、在做什么。她又骑马带着她的动物家族去树林里了，盼望着能把她的小伙伴们送回大自然。她通常最多只去一两小时。可是几小时过去，还是不见她的踪影。我们决定不再等了，我们要去找她。

正当我牵着大黑杰克走出围场时，我们看见她的马独自顺着小山上的路奔驰下来。我们分秒必争，立刻爬上马背朝着她的马来的方向奔去，一路上不停地呼喊着梅格斯阿姨的名字。

Build it up with iron bars,
iron bars, iron bars.
Build it up with iron bars,
my fair lady.

我们大概知道她平日里释放她那些动物的地方，就是多年前她找到我们俩的那个地方。所以我们现在一同骑着大黑杰克朝那里赶去，梅格斯阿姨的马就跟在我们身后。过了一阵，我们听见了她的歌声，她放声高唱的歌声，后来她告诉我们，唱歌让她忘记了疼痛。

我们在树林另一边的空地上找到了她，她正坐在地上，背靠着一块大石头，她的动物家族四散在周围。她把胳膊紧紧抱在胸前，一侧脸颊上还有一条又深又长的伤口。她浑身上下都是血。她的衬衣已经被血浸透，双手和脖子上也都是血迹。她抬起头冲我们笑了笑。"见到你们真是太高兴了，"她说，"别担心这些血，我身体里还多的是。孩子们，赶紧扶我起来带我回家。"

她已经太虚弱，走不了多远，我们知道无论如何得先把她扶到她的马上。而这并不那么容易。我们得找到合适的树桩来作为垫脚石，然后让她坐上马鞍。我能看出，她的肩膀正给她造成可怕的疼痛。我骑着大黑杰克在前引路，马蒂坐在梅格斯阿姨身后跟她同骑一匹马，回家的路上他一直稳稳地扶住她。后来我骑马到城里请来了医生。她的脸上需要缝针，而且锁骨也断了。医生给她上了一条悬带，说她失血过多，需要休养至少一个月或者更长的时间。她说："呸。"

医生站在那儿，摇晃着手指对她说："你别呸我，梅格斯·莫丽，这是很严肃的事。你必须得戴着这条悬带而且不能乱动。你这两个孩子会照顾你的。你安心待着，听见了吗？要遵医嘱。"然后，他转身对我们说，"如果她想起身去找她那些小动物的话，我批准你们把她锁在家里。"我想，他并不完全是在开玩笑。

我跟马蒂都很认真地听取了他的话。现在换我们俩照顾梅格斯阿姨了。我们跟她作了个约定。我们说，你告诉我们怎么做，我们就去做。不过她必须得老实待着，照医生的吩咐安心静养。她不情愿地同意了。接下来我们就这么办了。她只需要在最开始的几天告诉我们怎么做，直到形成一种常规。后来我们做一切都得心应手了。我们轮流干那些我们之前不喜欢干的活，主要就是做饭、洗碗和洗衣服。

梅格斯阿姨躺在沙发上教我怎么做炒鸡蛋配吐司。她的指令非常具体而详尽。她不允许任何一点背离常规的做法。打好鸡蛋，加一点点盐、一点点胡椒粉，再加一些牛奶。黄油要均匀涂抹在吐司上，保持热度。然后就是炒鸡蛋，而炒蛋的时间也必须把握好，不能炒太久，不然就会成块而且无味。我做得比马蒂好些，他常常忘记时间，把吐司给弄焦了。这么多年过去，我仍旧做着世界上最普通的炒鸡蛋。这仍是我最喜欢吃的食物。在梅格斯阿姨康复期间，常常是炒鸡蛋轮流跟烤豆子、炸马铃薯和洋白菜，或者玉米牛肉末搭配。我们也会炸咸肉。可怜的梅格斯阿姨。回想起来，这些都不是最适合病人的食物。但她从没抱怨过。她只是常常开我们玩笑，还善意地告诉我们，说我们都不适合做厨师。

不过，在外面我还是跟马蒂一起扛起了一切。梅格斯阿姨以前做的所有事情，我们都承担起来。我们不再有时间去游泳、钓鱼或者爬树。几乎每天早晨，我们都像她一样，前往主路上寻找任何成为孤儿的动物。我们会给院子里的动物喂食，也常常骑马带着一群动物到灌木林里，期盼着也许有一两只能够留在林子里。我们为奶牛和山羊挤奶，给鸡喂食，还用梅格斯阿姨的枪对着靠得太近的野狗胡乱开枪。我们甚至还学会了鼓起勇气应对那些鹅，还学会了怎样不让亨利进屋来，不过并不是每次都能成功。不过我们学会了适应。说实话，我们很喜欢做这些事，每一件都喜欢，甚至包括洗衣服和采购物品。

我们每星期会骑马进城一次，一个人骑大黑杰克，另一人骑梅格斯阿姨的马。我们轮流骑大黑杰克，因为我们都不太喜欢梅格斯阿姨的马。它特别容易受惊吓，总是很紧张，而且不只是怕袋鼠而已，任何东西都怕。每当我骑着它进城时，我都跟它一样，总是紧张不已，焦躁不安。我始终记得是因为它，梅格斯阿姨才会摔伤锁骨。她告诉我们，当时它听到树林里传来窸窸窣窣的声音，突然惊恐万分地用后腿站立起来，就这样把梅格斯阿姨给摔伤在地。我永远记得这件事，所以也就一直对它不放心。

家里常常会有人前来拜访，通常是来讨茶的。梅格斯阿姨跟我们一样不喜欢这些来访者。她发誓再也不会从马上摔下来，也不会再生病。这并不是因为她不喜欢人。她是喜欢的。问题在于，这些人喜欢她比她喜欢他们要多。现在她身体抱恙，他们也就来得愈加频繁，而她也无能为力。

当教区牧师出现的时候，她一点也不高兴，而且完全不掩饰这种厌恶。他来的时候，我也在场。她对他说话很直接。"我还没有准备死呢，"她对他说，"只是摔断了锁骨而已。还不用给我准备最后的仪式。"他听完不太高兴，很快转身走了。我跟马蒂也一样不喜欢这些来访者的干扰。我们感觉到有些人是来检查的，看我们有没有好好照顾她。他们会带来一篮篮的食物，而且无一例外地都会问是否有需要他们帮忙的地方。梅格斯阿姨跟他们说，她的两个孩子把她照顾得很好，一切都很好，这让我们俩很高兴。

也就是在这个时候，我开始注意到马蒂的变化。他最近长大了许多。他一直都比我高很多，但现在他看起来也比我年长了很多。在这之前，我几乎没有注意过我们之间四年的年龄差别。但现在我意识到了。他已经成为家里的支柱。马蒂会一直陪着梅格斯阿姨坐上几小时，听她讲述一个世纪前，她和米克的祖先是怎样由于土豆荒的驱使，从爱尔兰来到澳大利亚的。他们找到了这片山谷，并在这里定居下来。马蒂也很爱跟梅格斯阿姨一起翻看她的相册。他尤其爱听关于米克的事，她也很喜欢谈论米克的事。

我记得那时我坐在旁边看着他们，第一次感觉到有些嫉妒马蒂。马蒂似乎能用一种我做不到的方式跟她交谈。他不仅仅是她的"孩子们"之一了，而是更像一个朋友。而她对我仍旧像对待一个孩子。之前我都一直觉得这样很好，可现在不这么想了。有时候，我无法忍受坐在一旁看着他们，于是就早早地上床睡觉了。这又让我感到非常孤单。我时不时会为这个生闷气，不过我从来无法生马蒂的气太久。他不会让你有这样的机会。他总有办法能让我回心转意，又露出笑脸。

一旦到了晚上，我们俩在房间的时候，他就又变回原来的马蒂。我们会在伸手不见五指的黑暗中分享内心深处的秘密。有时候，我们会一直聊到天亮。就是在那些晚上，马蒂告诉了我他最害怕的事情，这件事后来也成了我最大的恐惧。

"你知道我是怎么想的吗，亚瑟？"他说，"有时候，我觉得这里就是我们真正的家，我们真的是她的孩子，我们可以永远留在这里。可是我又想，我们并不是她的孩子，对吗？我们就像外面那些她的动物家族、她的小伙伴、那些孤儿一样。我们也是孤儿，不是吗？她什么都还没说，可我有时候感觉她想让我们离开，就像她想让那些动物离开这里一样。照片里跟米克在一起的那个男孩，他才是她真正的儿子。她从来都不肯谈论他。但他一定已经离开了，而且再也不会回来了，对吗？但我并不想走，永远都不想。我感觉自己就是她的家庭成员，而你就是我的弟弟，米克就是我真正的父亲。有一天，我会变成他那样。一定会的。"

他接着说道："你还带着你的幸运钥匙吧？"我还留着这把钥匙，不过没有再戴在脖子上，也许是因为我觉得没有必要再戴着。一段时间里，我都把它放在床头柜的抽屉里。我时不时会看看它，不过它对于我来说，似乎不像在库珀的牧场时那么重要了。我一定是认为我不可能再比现在更幸运了，所以也就不再需要它了。至于猪仔贝肯强迫我们戴的十字架，我肯定已经弄丢了。不过，我不记得是什么时候在什么地方丢的了。马蒂有一天把他的十字架扔进了河里，我那时候怀疑他这样会不会扔掉了他的运气，也是我们的运气。

从那天夜里开始，马蒂说的那些关于梅格斯阿姨希望我们有一天要离开的事，就一直萦绕在我心头挥之不去。我俩单独在一起时，也只谈论这件事。我们决定等到梅格斯阿姨痊愈以后再去问她。可是直到她肩膀恢复了，一切又都回到从前的样子，由她来做饭，而且我们也能吃到除了炒鸡蛋和烤豆子之外的食物以后，我们还是迟迟没有开口。最后，我们干脆打消了这个念头。我想，事实是我们俩都太害怕而不想知道她真正的答案是什么。直到又过了好几年，我们才得到了答案，而这一次我们并不需要提问。梅格斯阿姨不喜欢说话拐弯抹角。当她告诉我们她的想法时，就直接一吐为快了。

第十七节　你们都是我的孩子，不是吗

　　梅格斯阿姨沉默了好几天。她就是这样。有时候，她看上去心不在焉的。她不唱歌，只是坐在走廊上读她的诗。她还会骑马走很远。马蒂说，这是因为她在思念米克。的确，每当到了他的生辰和忌日时，她就会明显地变得沉默。但是这一次不同。她表现出一种我们从未见过的紧张，感觉她几乎像是在刻意回避我们。

　　回想起来，我们应该能猜测到即将发生的事情的，可是我们没有。我把事情都归结到亨利身上。它之前也曾经消失过一段时间。我们并不担心，因为亨利常常会到丛林里去旅行，有时候是几小时，有时候会去好几天。但它总会回来。我会到屋外去看它是否在它的洞里面。我走进屋，在水池里洗手准备吃晚餐。"阿姨，它还没回来。"我说道。

　　"嗯，也许它这次再也不会回来了，"梅格斯阿姨一边端菜

上桌一边说，"也许亨利终于决定是时候离开了。我也觉得的确该是时候了。"再次开口之前，她深呼吸了一下，"好吧，我想也是时候要告诉你们了。"

"告诉我们什么？"我问道，一边在桌边坐下。我面前的盘子里高高地盛着一堆散开的派，是梅格斯阿姨做的脆皮土豆肉馅派。我迫不及待地想要美餐一顿，不过我们必须等到每个人的菜都上齐了才能开饭。梅格斯阿姨对这类事情总是非常严格。"我这段时间一直在写信，"她接着说道，"写给我的一位在悉尼的朋友，他是米克在海军里的一位老友，名字叫弗莱迪·多兹。这花费了一段时间，不过现在一切都已经打点好了。"先前她一直没看我们，直到这时才正视着我们，"我决定要等到你们俩都够大以后，直到你们俩都准备好，现在，我觉得你们已经长大，已经准备好了。弗莱迪说，你们几周后就可以开始工作了。"

面对美味的派，我的胃口瞬间消失了。现在我们终于知道了。我们最大的恐惧即将出现了。

"弗莱迪·多兹经营着一家造船厂，就像我们在棚里制作船一样，当然比我们做的要大，是真正的船。他想收你们俩做学徒。一切都已经安排好了。你们会在造船厂有一份不错的工作，也能有个容身之所。"

她正说着，亨利推开门晃晃悠悠地进来了。我们谁也没有注意它。"我不准备问你们的想法，"梅格斯阿姨说，"但我会告诉你们我这样做的原因。假如说我这辈子学到了什么的话，我学会了放手。在米克死后，在我伤心流泪结束后，我必须放下这一段。对于外头院子里的那些动物，我也不能一直抓住它们不放。而你们也同样不是属于我的。我也必须放手让你们离开。你们要去过自己的人生。"

马蒂站在那里，我从没见过他那样心烦意乱："可我们没有死。而且我们也不是两只该死的小袋鼠。这个地方，是我们的家。我不想去悉尼。我一点也不想去。"

梅格斯阿姨走向他，张开双臂抱住他。"你们以为我愿意让你们走吗？"她说，"你们以为我愿意一个人留在这里吗？你们都是我的孩子，不是吗？这个方舟是你们的家，永远都是。只要你们想回来，这里的大门随时为你们敞开，我也会在这里等着你们。我是你们的母亲，不是吗？"然后她转向我，"别傻坐在那里，你也过来给你的妈妈一个拥抱。"过了一阵，拥抱帮助我们止住了眼泪，但是令人麻木的现实也紧接着逼近了。我们注定要离开了。几个星期后，我们就要离开家，离开梅格斯阿姨了。

我们把那几个星期里的每一天都当做是一生中的最后一天来

度过。日子在骑马、钓鱼和游泳中转瞬即逝。我们每天都给大黑杰克梳毛，直到它的毛皮从未有过的闪闪发亮。每天用瓶子给亨利喂好几次牛奶，比平时更加宠溺它。同时，梅格斯阿姨也越来越安静沉默。我们希望她能够动摇，让我们留下来，可是她始终非常坚决。她每天晚上都在缝缝补补。她说，她不能让她的孩子们去悉尼的时候像一对衣衫褴褛的稻草人。我们知道她喜欢听我们背诵诗歌，所以她一边缝补着，一边听着我们给她背诵诗歌。马蒂背了《"南希贝尔"号逸事》，这一直是他的最爱，因为它有着欢快的节奏，而且在结尾处还有我们大家都喜欢的可怕的转折。而我也读了《古舟子咏》。

我背诵最后一遍的时候，她抬起头看着我说："谢谢你，亲爱的亚瑟，我不会忘记这首诗的。"我也一直记得这首诗。最后一天晚上，她来到我们的房间，在我们的行李箱里各放了一本书，我的是《古舟子咏》，而马蒂的是《"南希贝尔"号逸事》。现在，就在我写这些的时候，依然保存着这两本书。它们依旧是我最珍贵的书。

那天夜里，我用一条皮鞋带为我的幸运钥匙做了条新的挂绳，把它戴在了我的脖子上。我完全不确定自己是否真的还相信运气这类东西。对于十五岁的我来说，这看上去或许有些孩子气的迷信，但我还不确定能够抛弃它。此外，这把钥匙也是我跟姐姐，跟我记忆中或者想象中的凯蒂之间最后的纽带。是记忆还是想象呢？我已经无法确定凯蒂是否真的存在过。只有这把钥匙能表明她的存在。这把钥匙也一直带给我们好运。多年前，不就是它让我们遇见了梅格斯阿姨吗？于是我保留了钥匙。我很高兴我这样做了，可以说是相当庆幸。

我看见梅格斯阿姨的最后一眼时，她正站在那里，手按着头上的草帽，渐渐消失在巴士车扬起的团团尘土中。对于我和马蒂来说，这是自从十年前我们来到澳大利亚那天以后第一次乘坐巴士。那时我们是离开悉尼，而现在我们要回到悉尼了。我记得，当时马蒂说了跟十年前同样的一句话："我们会没事的。"

我们一整天都静静地坐着，我们都不相信这一切真的发生了。我们都知道，我们永远跟我们的童年说再见了。我感觉我们好像又一次进入了丛林之中，进入了未知的世界。

虽然我们俩一直在一起，可一路上我们都感到非常的孤独。当我感到眼泪快要涌出的时候，我努力地让自己高兴起来，我试着去想亨利那糟糕的帽子洞，或者是想我们怎样费尽心机地要让巴纳比发出开心的叫声。可我还是会不自觉地想到梅格斯阿姨，而且每当我想到她时，就会被一种从未有过的悲伤所吞没，那是一种痛彻心肺的悲伤。直到现在，当我想到她的时候，仍然能感觉到那时的那种悲痛，虽然像远处的回声一样有些模糊，但仍然存在。这就是我多么爱她，多么爱那些跟她在一起度过的美好岁月。

第十八节 弗莱迪·多兹

　　记忆是一个伟大而强有力的魔术师。它在你身上开玩笑，无论你怎样努力地要解开谜团，你都无法理解它。对我而言，它几乎完全抹去了我早期的记忆，我脖子上挂着的幸运钥匙是证明我曾经的生活的唯一线索。关于我的姐姐凯蒂，这位魔术师只给我留下了一个模糊的幻影，这个幻影随着时间的推移变得愈加混沌不清。然而，我能清楚地记得猪仔贝肯和库珀的牧场上那些噩梦般的日子，好像它们就发生在昨天。不过，幸运的是，跟马蒂和梅格斯阿姨一起在方舟的那些能治愈创伤、重燃对生活信心的日子的记忆，比先前那些噩梦一样的日子来得更加生动，我才不至于迷失了心智。

　　虽然现在只是猜测，不过我认为部分原因是感情的强烈程度。随着年纪的增长，我就像大部分人那样在自己周围筑起了一道保护墙，而在这之前的早期生活里，我对每件事物的感觉都更加强烈、更加深刻。无论好坏、丑陋与否，都一直停留在我的记忆中。然而，这仍旧无法解释为什么在早年后发生的那么多事情都消失在一片雾霭中，而我忘记的东西就跟我记得的一样多。就好像是时间在我的童年里放慢了脚步，慢慢前进。可当我在悉尼走下那辆巴士之后，就立刻加快了速度，而且从那时候开始，时间就像一辆崎岖颠簸的过山车一样，瞬间把我从童年带到了现在，只给我留下一个个飞快滑过的片段，而过程中的种种高低起伏已永远地遗失了。

到达悉尼时，弗莱迪·多兹在下车的地方接我们。他开车载我们到了位于纽卡斯尔的造船厂。多兹先生是我见过的最沉默寡言的人。大家都叫他多兹先生，只有梅格斯阿姨会叫他弗莱迪。他并不是不友善。相反，他的脸上常常带着微笑，而且他也从来不会无礼或者冷漠。他只是不常说话，对我们、对所有人都是。他是个彻头彻尾的好人，他就像个和蔼可亲的船长一样经营着造船厂。他是那种靠以身作则来领导的船长，而不是对人呼来唤去。包括我和马蒂在内，每个人都知道自己应该做什么、要怎么做。

我们俩从杂役开始做起，包括扫地、跑腿、取送东西和泡茶，我们泡了很多很多的茶。我们也做过守夜人。干这个主要是为了有个住处，我们用这个收入来支付房租。

　　我和马蒂住在小河上紧挨着造船厂的一条船上。这并不算是一个真正的住处，更像是一条旧船的残骸，它是一条四十年代制造的游艇，曾经风光无限，现在已经支离破碎，无法修葺了。不过我们并不介意。这是我们的家。我们终于有了属于自己的住处，而且两人都很喜欢这个地方。

　　这艘船名叫"无忧"号，这的确是个很贴切的名字。这艘船本身对于我们来说也是完美的。我们俩夜晚会坐在甲板上，清凉的海风从水面轻拂过来，头顶的天空繁星密布。从那时开始，我就非常喜欢星星。夜空下的我们，就像两只地毯里的小虫子一样温暖舒适。这简直是乐及七重天。更棒的是，我们还能挣钱。虽然不多，但让我们感觉很满足，让我们觉得自己突然间长大了。可是无论我们感觉自己有多么成熟，我们俩仍旧非常想念梅格斯阿姨和方舟，还有巴纳比、大黑杰克、普格力和亨利。亨利曾让我们那么欢乐。

　　当然，造船厂里别的人对我们就没那么照顾了。对他们来说，我们就是两个小孩，尤其是我，我的外表看起来尤其像个孩子。一开始他们就试过要刁难我，不过马蒂现在已经有六英尺高了，而且身体强壮。他一直保护着我，他们都能看出来。所以，他们就时不时用胳膊肘撞我肋骨一下，不过仅此而已。我们很快就适应了这里，也融入了这个地方。我想，我有点成了这儿的吉祥物了。

　　我们很少看见多兹先生。他会待在他的办公室里设计船。他的办公室里全是各种模型船，大多是游艇，我们只是在每周末领薪水或者去取梅格斯阿姨的来信时会上那儿一趟。她并不常常写信，不过她的每一封来信里都写满了关于亨利和巴纳比的消息。这些消息现在看来都已经恍如隔世。

　　有一天，我们在他办公室的时候，他发现我们在看他制作的那些游艇模型。"梅格斯告诉我，说你们也会制作模型，"他说。然后他给我们看了他正在做的一个设计，"你们能把这个给我做出来吗？"

　　"当然可以。"马蒂不假思索地回答。我以为他疯了。我们对于如何根据设计图来制作模型毫无概念。原先在家里的棚子里做模型的时候，一直有梅格斯阿姨陪着我们。我觉得我们做不了。不过，我们成功了。我们迫不得已地要快速学习。下班后，我们会坐在"无忧"号的地图桌前，根据多兹先生的最新设计图来制作模型船。现在我们已经在八重天了！

　　从那以后，我就一直以这样那样的形式住在船上，中途有几次漫长而不愉快的中断。不知道为什么，我那么喜欢住在船上。也许是因为在船上我能感觉到安全，就好像我是船的一部分，而船也是我的一部分。我也喜欢大海的声音，上有海水拍岸的声音，下有水波的摇曳，有风刮过桅杆的声音，还有鸟的叫声。我喜欢鸟。自从有了"无忧"号之后，我每天都是在海鸟的叫声中醒来的。不过，我不喜欢海鸥。肮脏的家伙们，它们总是爱停在"无忧"号上。周围有十多艘船供它们挑选，可它们每次都挑我们的船。而且它们不只是留下"小小的"记号。天哪，太脏了！马蒂不喜欢清理它们留下的污迹，于是这个任务就落到我的身上。我在清理的时候对马蒂有所不满，而且从那以后就对海鸥深恶痛绝。

我经常回想，我对大海的热爱必定要追溯到梅格斯阿姨和她的丈夫米克身上。他曾经是一位水手，而且他会制作模型船。她之所以会做船是因为他，而我们之所以会做船又是因为梅格斯阿姨。她还教会我们所有关于大海的诗歌，送给我们那两本书，《"南希贝尔"号逸事》和《古舟子咏》，这两首诗歌我们都已烂熟于心。所以我想，我跟马蒂都像鸭子喜欢水一样热爱大海也就不足为怪了。

幸运的是，多兹先生很喜欢我们制作的第一个模型。于是后来我们又为他做了第二个，而且突然间，我们发现自己跟造船棚里的其他人在一起并肩工作，我们不用再跑腿打杂了，而是像他们一样，成了真正的造船工匠。

多兹先生的每一条船对我来说都是真正的奇迹。它们大多是三十到四十英尺长的游艇。一开始你会看见他桌上的草图，然后在绘图板上制成图纸。我跟马蒂来制作模型，接下来——这个过程会花费数月的时间，不过我们从来不觉得时间长——接下来你知道，这艘船已经完工，可以下海试水了。每一次这样的过程都是一个奇迹，是一个人造的奇迹。对我而言，这就像是生孩子一样，至少从我有限的经验来讲是很相似的。我跟马蒂，还有造船场里的工匠们一样，都为这些船感到骄傲，仿佛它们是我们的孩子一样。

不过，它们真正的父亲是多兹先生。我从多兹先生那里学到的关于船的知识，比我一生中从其他任何人那里学到的都多。他的船没有任何花哨的东西。它们并不是用来比速度或者比外观的，而是用来出海航行的。这是另一个我从弗莱迪·多兹身上学到的东西。他不只是教我们怎么造船，还教会我们怎样驾船航行。而这将会永远改变我和马蒂的一生。

第十九节 一个一月的夜晚

算上我和马蒂，一共有十多个人在多兹先生的造船厂工作，总的来说，我们是个联系相当紧密的团队。有一两个人来这里之后又离开了，不过大多数情况下，大家都喜欢这里而选择留下来。这在很大程度上是因为多兹先生对大家都很好。这里的薪水并不算多，在别的更高档的造船厂里肯定能挣到更多，不过在多兹先生这里，你能有机会造整艘船，最棒的一点是你还能够驾驶它出海。我们能获得"职业满足感"——现在的人们是这么说的。

每当一艘船完工以后，多兹先生会叫上我们两三个人把它挪到海里试水。他也常常会跟我们一起去。每个人都有机会试航，但并不是每个人都愿意去。不过，我和马蒂很想去。我们会把握住任何一次试航的机会。当然，我们也曾经晕船过，不过我们的双腿和胃很快就适应了海上的颠簸，在适应之后，就体会到了原始的激情，虽然试航很辛苦，但是一种纯粹的快乐。

所以，多亏了多兹先生，我跟马蒂才能对船从龙骨以上的里里外外都了解得清清楚楚。我们既造船又驾船。我们在航行时，从多兹先生那里学到了怎样顺应风向和水向。他又一次告诉我们，他是通过在海上生活，在海上求生存，才学会了关于造船的所有知识。你要去理解大海，他说，去倾听她，去观察她的喜怒哀乐，去慢慢地了解她、尊重她、热爱她。只有这样，你才能制造出让你在海上感觉到家一般舒适的船。

每一次乘新船随多兹先生出海，我了解到我们制造的每一艘船都是不同的，都有自己的脾气个性。一旦船入水，它就有了生命，就成了一只独特的生物。乘船就像骑马一样。你得去了解它所有的小怪癖，它的好恶，了解它喜欢怎样去乘风破浪，怎样与大海共舞。航海就是舞蹈，你的舞伴就是大海。在大海面前，你永远无法恣意妄为。你得问她想要怎么做，而不是告诉她应该怎么做。你得永远记住，海才是领导者，而不是你。你和你的船都得随着她的节奏而舞动。

我不确定这些事情里面有多少是多兹先生亲口告诉我们的。他出海的时候，就跟在造船厂里一样寡言少语。不管怎样，我们学到了他的航海哲学和造船哲学，这些知识对我来说一生受用。我从他那里学到的一切关于大海、关于船的知识，后来都被证实是正确的。他是我学习航海的引路人，是我在海上的导师，一个好人、一个好水手。他是最棒的。

他一定很欣赏我和马蒂，因为过了两三年以后——马蒂这时已经大概二十一岁，而我十七岁——他把我们俩叫到他的办公室里，告诉我们，说他觉得我们已经可以去更远地航行了，而且是我们自己去，就我们俩。我们还很年轻，他说，但他已经成功地教授了我们所有知识，已经让我们作好了准备。其他许多人都不愿意远航——他们大多数人都有家庭。从此以后，他不仅仅是想让我们为船试水，而是让我们把船送给它们的新主人。于是，我跟马蒂穿过霍巴特，到达惠森迪岛，还三次去往新西兰。

在一次去新西兰奥克兰的途中，马蒂第一次告诉我他的想法，而这个想法从此就停留在了我的脑海里。那时我们正驶出达尼丁港。"你知道吗？"他说，"如果我们愿意的话，可以就这样驾船前往英国。我们可以去找你的姐姐。你可以去找凯蒂。"

当然，我们并没有这样做，但是这个想法在我的心里扎了根。其间，我跟我在这世界上最好的朋友一起，做着我最热爱的工作，而且还能挣钱。现在到了九重天了。我们俩正彻头彻尾地成为水手。也就是在那个时候，我想大概是因为航海的原因，我不再把马蒂当成我的兄长、我的大哥。我们之间的年龄差距曾一度意义重大，小时候甚至还让我们分离了一阵子，不过现在这些都不复存在了。在船的甲板上，没有谁是船长。我们并肩前进、相互扶持，不再是兄与弟，更像是一对双胞胎。我们似乎本能地可以了解到对方的想法，以及对方的下一步举动。这么长时间以来，我们的世界就在海上。我们有如此多的共同点。我们师出同门。

每年有几个星期的假期，我们就会回到梅格斯阿姨的家里，多数是在圣诞时节。令人难过的是，亨利去世了，不过巴纳比还活着。驴的寿命比袋熊要长。无论我们怎样使尽浑身解数，巴纳比还是不肯发出叫声。我们三个会一起坐在走廊上，看落日西沉，我们会跟她聊我们去过的所有地方，聊我们曾经驾驶出海的那些船。在离开前的最后一晚，我们会一起背诵《古舟子咏》，每人背几个小节，直到背完为止。在假期结束我们必须要离开时，我们心里都一百个不愿意。我们永远都不想离开。

在一个一月的夜晚，我们刚刚从梅格斯阿姨家回来，我们的世界突然天翻地覆。那时候我们俩都刚刚二十岁出头。不管怎样，从那天起，我们的生活就一直是颠倒的。

回想起来，我们本应该看到一些征兆的。就在圣诞节前，多兹先生解雇了一些工匠，而且那段时间里，他自己也整天魂不守舍的。他躲在自己的办公室里，整天也看不见他的人影。我以为他只是又全神贯注于新的设计中，我们大家都是这么以为的。但是那一年，我们没有拿到圣诞分红，造船场里也没有举行圣诞派对。我们知道各地的造船厂都正在经历一个困难时期，但是直到那个一月的夜晚，我们才意识到这次危机有多么严重。

事情发生的时候我正在"无忧"号上睡着觉。马蒂出去在造船厂周围进行最后一轮夜巡。我想，那时正是午夜。我们俩一直都是轮流守夜，而那天正好轮到马蒂。守夜的时候，你只需要拿着手电在造船厂周围走上半个钟头。我们俩都不怎么喜欢这项常规工作，不过正因为这个工作，我们才能住在"无忧"号上却几乎不用付房租，所以我们也没什么可抱怨的。

马蒂把我从梦中摇醒，我才意识到发生了什么事。透过天窗，我能直接看到熊熊的火焰。一开始，我以为是船着火了。当我们爬到"无忧"号的甲板上时，就看见整个造船厂从头到尾都被火光吞没了。当我们来到造船厂前时，消防员已经到了。可是他们已经无能为力，任何人都回天乏术了。幸运的是，里面一艘船也没有。它们都在码头上或者水里。马蒂一遍又一遍地说，他一小时前刚去过那里，而且检查过四周。他无法理解。我看见多兹先生穿着他的睡衣一动不动地呆立在那里，看着他的整个世界在眼前葬身火海。

警察把我们带到警察局，分别进行了讯问。虽然我知之甚少，但我还是把我知道的一切都告诉了他们，那就是我跟马蒂轮流每天在睡觉前去检查造船厂，多年来我们共同承担着守夜人的工作。当他们问我那天晚上轮到谁守夜时，我告诉他们那天轮到了马蒂。就在我说出口以后，才意识到他们可能在想什么。我立刻后悔了，可是已经太迟了。

那天夜里，他们以有纵火嫌疑的罪名逮捕了马蒂。他们不允许我见他。当我告诉多兹先生警察们逮捕马蒂的事情时，他只是看看我，然后转身一言不发。我完全没有料到他会是这样的反应。我从来不知道他是这样的无情。我无法理解。

结果，在纵火这一点上，警察们的判断是对的，只不过错在以为是马蒂干的。同样，我对多兹先生的看法也彻彻底底地错了。第二天早上，他走进警察局，承认是他放的火。虽然他是一个杰出的帆船设计师和建造师，也是一个善良的好人，但似乎身陷严重的经济问题中。这是一场保险诈骗。这个可怜的人是在努力挽救自己的基业。当他听说警察逮捕了马蒂后，便无法再继续下去。就像我说的，他是个好人。不过，他们还是让他坐了七年牢。我跟马蒂去看他，可警察说他不想见任何人。我们再也没有见过他。我们一次又一次地尝试，可他每次都拒绝见我们。

这就是造船厂的终结，也是美好快乐时光的终结。只用了一夜时间，我们的整个世界就支离破碎了。对于马蒂来说，在监狱里的一夜永生难忘。我也一直无法忘记那个晚上。我觉得自己背叛了马蒂，就好像是我把他关进了监狱，而且亲自锁上了门。我告诉他，我有多么抱歉，但他从来没有责怪过我。他说："忘掉这些吧。"可我做不到。自从那个晚上起，马蒂就变得不一样了。一切都不一样了。

第二十节　又一次成了孤儿

他们让我和马蒂在"无忧"号上继续生活了一段时间。白天，我们会到别的造船厂去找工作。但那时候非常不景气，在任何造船厂里都找不到工作，无论是在纽卡斯尔、悉尼，还是我们能找到的任何地方，而造船又是我们唯一会做的工作。梅格斯阿姨写信来说，只要我们愿意，随时可以回家住上一阵子，家里永远给我们留着地方，也永远有活儿可以给我们干。我不敢相信我们竟然愚蠢到没有接受她的提议。我记得自己一遍遍地读着她的来信，犹豫不决是否要回去。不过由于各种理由，我跟马蒂决定不回去。他说，人永远不能走回头路，那就像是放弃一样，而那时我也觉得他是对的。我们俩都热爱大海，热爱船。我们决心找到能让我们留在海边的工作，甚至是能留在海上就更好了。

那几个月，我们在悉尼的港口和造船厂之间来回奔波着寻找工作，我们的意志被消磨殆尽，马蒂尤甚。从我们小时候起，一直是马蒂在我们最艰难的时候鼓励着我继续走下去。可现在，他准备放弃了。现在是我每天早上逼着他起床，而他只是想躺着。在日复一日地空手而归后，在一次又一次遭到拒绝后，我看着马蒂一点点地变得沉默，渐渐滑入绝望的深渊中。我试图把他拉出来，试着开玩笑让他舒展愁容，让他打起精神。但一切都是徒劳的。

现在，每天夜里，他都想待在外面一直喝酒到深夜。我一次又一次把他从酒吧里拽出来，他不止一次跟人斗殴，通常是为了某个女孩。他会这样都是酒精的作用。酒精没有让他快乐起来，而是让他变得易怒。我们攒下的那一点点钱很快就所剩无几了。更糟糕的是，我能感觉到我们俩正渐渐疏远。从前，我们做什么事都是一起的。可现在，他总是一个人晚上跑出去。我知道他不愿意我跟着他。我们从来没像这样各自为政过。他就这样走上自己选择的路，而我无能为力。

有一天早晨，无论我做什么，都没办法把他从床上拉起来。于是我把他留在家里，一个人出去找工作了。跟往常一样，我又空手而回了，不过我一整天都没有回家。当我晚上回到"无忧"号的时候，发现马蒂不见了。我以为他又出去喝酒了，晚点就会回来。即便是第二天一大早，两个警察来叫醒我的时候，我也没觉得担心。我以为他又跟人家打架被抓到警察局去关了一晚上。

我认出了其中一位警官，失火的那个晚上，他曾经讯问过我。

他们告诉我的时候我还在半梦半醒，所以一开始还没有完全明白。他们告诉我，他们来这儿是为了马蒂的事，而我得跟他们走一趟。我还是无法理解。"我们有一位目击证人看见了事情发生的经过，"我曾经见过的那位警官说，"那个人认识他。不过就算如此，我们还是需要你跟我们去看一下。"

接着他们就直接告诉我发生了什么事。马蒂喝醉了。他跳着所谓的船舞，在港口的小船之间蹦来跳去胡闹着。然后他摔了进去，再也没有爬起来。他们试着找他，可是天色太暗看不见。接着今天早上，人们找到了一具尸体。我努力地去接受去相信这一切真的发生了。即使到了现在，这么多年过去，每当我想起这件事，它所带来的震撼和痛苦就又一次袭上心头。

他们带着我去医院看他。我见到的不是马蒂，只是他的尸体。那时我毫无知觉。我想去感觉什么，我一直在他旁边坐了好几小时。然而，空虚是感觉不到的。他们把我送回到"无忧"号上，我看见梅格斯阿姨正坐在她的行李箱上等着我。这简直太奇怪了。几天前，她早上醒来，立刻感觉到我们需要她。当我告诉她发生的一切后，她只是说："看来我还是晚了一步。"

马蒂的葬礼上只有我们两个人。我们把他的骨灰安葬在之前丛林人留下我们离开的那座山上，也就是梅格斯阿姨最初找到我们的地方。我背诵了《古舟子咏》的几个小节，最后用了他最喜欢的一句做结尾："孤帆只影渡沧海。"我很高兴自己选了这首诗，因为这首诗讲述的不仅仅是一次航海旅行，更是关于人生的旅程，关于这个旅程中的种种孤独。这是首很应景的诗。

梅格斯阿姨又一次收留了我。她尽自己所能地照顾我。但现在这所房子里有了两个灵魂，一个是米克，另一个是马蒂。她把他们的照片并排摆在壁炉台上。他们无处不在，尤其是当我们像往常一样在晚上静静地坐着的时候。

一切都仿佛一如往常，可仿佛又都已经物是人非。亨利的洞仍旧在走廊的台阶下面，仍旧塞满了它最心爱的帽子。巴纳比跟在大黑杰克后面在围场里转来转去。它们俩很显然已经密不可分了。可是梅格斯阿姨原来的马已经不在了。

我和梅格斯阿姨仍旧做着我们三个人曾经一起做的那些事。她没有再养奶牛，只留着一只奶羊为她提供羊奶。我们依旧会到主路上去救助那些成为孤儿的有袋动物，救她的那些小朋友。我们还是把它们养在院子里，时不时地长途跋涉到那个现在叫做马蒂之山的地方，看它们中是否有一两只愿意回到野生世界里。

我一直不大确定梅格斯阿姨的年龄，但她现在一定有七十五或者八十岁了，而我也快三十岁了。多年过去，她的头脑依然非常活跃，依旧精力充沛。可是就像她自己说的那样，她的"可怜

Alone on a wide wide sea

Build it up with iron bars,
iron bars, iron bars.
Build it up with iron bars,
my fair lady.

的身子骨已经不那么听使唤了"。这些天她不常出来走动了。她的腿会疼。她从来没怎么说过，但我能看得出来。她的动作变得迟缓而僵硬。

但是她骑马可以骑一整天，而且完全没事。她在马背上时比在任何地方都要快乐。她曾经告诉我，上帝给了她用来奔跑的四条腿，还有一条用来驱赶蚊蝇的尾巴，只是他犯了个错误，把她变成了人类。她骑马奔跑着。这是她最喜欢的事。她说，这让她感觉自己是活着的。我知道她的意思，因为当我跟马蒂驾着多兹先生的船出海航行的时候也有完全一样的感觉。海风拂过我的脸，头顶的船帆被风撑得鼓鼓的，咸咸的水沫溅在我的嘴唇上。我对大海的向往从未消失过。

医生来的时候说，梅格斯阿姨的离开很快、很利落，这是最好的结局。深夜的时候，她就像平常一样，举着火把到院子里查看她的动物家族。她回来时，我正坐在走廊上凝望着天上的星星。她在我身边坐下，然后说，她觉得自己闻到了空气中雨水的味道。然后她沉默了。我以为她睡着了，天暖和的时候，她晚上常常在走廊上睡着。事实上，她也的确是睡着了。她睡了，但这是长长的一觉，也是最后的一觉。

她下葬的那天，整个镇上的人都来到了马蒂之山上，还有好些丛林人。我想，直到那一刻我才意识到，她是多么的受人爱戴。我把她的骨灰放在马蒂旁边，还有一张米克的照片。在大家离去后，我留下来为他们背诵了整首的《古舟子咏》。离开的时候，我感觉自己又一次成了孤儿，虽然已经成年，但一样还是孤儿。

第二十一节　土崩瓦解

　　假如说我的人生中有一部分是我想要彻底忘记的，那就是接下来的大约十五年的时间。我想你可以称这个时期为我的荒野岁月。我不愿意写这段岁月，但我不得不写。不管喜欢与否，我不能就这样略去它。幸运的是，这其间的很多记忆都因我的健忘而丢失在迷雾中。也许这种事本来就时有发生。也许是一种生存机制帮助你勉强应对了这段日子。也许记忆说：够了。我所承载的痛苦已经超过我能承受的程度了，所以我要关闭。但是它并没有完全关闭。值得庆幸的是，你只是透过迷雾迷迷糊糊地记得一点点。然而，有时候迷雾会散去，你会看见遍布四周的冰山。你能听见它们在呻吟着磨着牙，而你只是希望能够穿过这一边冰山到达另一头，或者是期盼着雾气能再次升起。我现在要为你讲述这些冰山的故事。跟其他任何冰山一样，它们总是出人意料而且令人讨厌。

　　在梅格斯阿姨去世后，我继续生活在方舟，继续做她曾经做的事，继续像我们以往那样生活。在钱方面，我没有太大的需求。我有羊奶、鸡鸭鹅蛋和蔬菜。我像一个隐士一样生活着。我很少进城，而且也没人来看我。我并不觉得不快乐，甚至都不觉得孤独。

　　不过，我当然不是独自一人。我还有那些动物，我像杜立德医生一样跟它们说话。我觉得，我跟大黑杰克说的话比我一生中跟任何人说的话都要多。它现在已经三十多岁了，所以我不怎么骑它了。我们会一起出去散步，我们三个一起——巴纳比、大黑杰克和我。它会走在我旁边，衰老的脸贴近我的脸，然后我们会交谈。好吧，其实是我自言自语。我也会跟院子里的动物家族说话。如果梅格斯阿姨在的话，她一定不会同意的。她会说，如果你跟它们说话，只会让它们变得温驯。一旦变得温驯，它们就无法在野外生存。不过它们看上去很喜欢听我说话，当我释放它们的时候，它们都走了，而且大多数都没再回来。所以也就无关紧要了。一切都安然无恙，只是有一小段时间是这样的。

　　接着，最奇怪而且最悲伤的事情发生了。一个夏天的早晨，我早早地来到大黑杰克的围栏里，手里提着一桶水准备把它们的水槽灌满。我每天早上都会这么做，通常大黑杰克和巴纳比会踱步过来让我拍拍它们，跟它们说几句话，当然还有喝水。可是这天早晨，它们没有过来。于是我去找它们。我发现大黑杰克伸长了四条腿死在了地上，巴纳比站在它身旁耷拉着脑袋。我用了一个上午的时间才掩埋了大黑杰克，巴纳比一直在旁边看着我。从那以后，它就滴水不进、粒米不沾，只是站在我埋葬大黑杰克的地方，渐渐地憔悴下去。不到两个星期，它也死了。

　　我正在围场里掩埋巴纳比的时候，听见一辆车沿着农场的路开来。一个身穿西服的人说，他是一名来自悉尼的初级律师。他非常礼貌得体。他只是简洁明了地告诉我，我必须搬出这里。他说，不用着急。我还可以多住上几个月。然后，他告诉我一件我并不应该觉得意外的事，不过我还是吃了一惊。梅格斯阿姨还有个儿子（就是多年前我在照片里看见的那个她不肯谈论的男孩）。那个律师说，他们很多很多年前就分开了，而且再也没有联络过。梅格斯阿姨没有留下遗嘱，所以她所拥有的一切，包括房子、农场还有家具，都归她的儿子所有。这就是法律。这个儿子看来完全不想接手这些财产，只是想要卖掉它。当然，假如我买下它，我就能继续住在这里。我告诉他，说我没有这么多钱。接着我问他，那些动物会怎么办。他说，它们也属于梅格斯阿姨的儿子，一切都是他的。

　　我没有再住超过两个月，我甚至没有住超过两个星期。我只待了几天。我只需要这么多的时间。我把奶羊送给了隔壁的农夫，然后每天都带着动物进林子里，跟在我身后的小动物每次都越来越少。最后离开的是一只小袋鼠。我一直担心我是不是太着急了，它会不会还没有准备好回到野外。它还非常小，不过思想已经很独立。当它跳到一片树丛后面时，我立刻转身走开了。我又环视了一下四周，它已经走了。我希望它没事。

第二天早上，我离开了，途中去了一趟山上，马蒂之山，也是梅格斯阿姨之山，去作最后的道别。我答应马蒂有一天一定会去寻找凯蒂，也告诉梅格斯阿姨，她全部的动物家族都已经回到野外，回到它们应该去的地方了。然后我就继续上路了。我带着一个小行李箱，里面是几件衣物和一张我们三个人的合照。我的脖子上挂着我的幸运钥匙。我一路走着没有回头。

我又去了悉尼，因为我脑子里只有一个念头：出海。我走远了，至少看上去是如此。我立刻在一艘拖网渔船上找到了工作。我没有半点犹豫，立刻签了约。我们会在南方的海里捕鱼，主要是金枪鱼。我并不在乎捕的是什么鱼。我只是很高兴又来到了海上，又能感受到周围海浪的起伏，能看到头顶上乘风翱翔的鸟，还能看见夜空中的繁星。在海上比在任何地方都看得更清楚。

接着我们开始捕鱼了。大多数人都没见过还没被装进罐头的金枪鱼，至少我在开始捕金枪鱼之前是没见过的。如果他们见过，如果他们看见我在这几个月以及接下来的几年中所见的，他们就再也不会从超市的货架上取下金枪鱼罐头，更别说吃里面的鱼了。金枪鱼是一种美丽而闪亮的生物，对我来说是最壮观而且最巨大的鱼。日复一日地在这条捕鱼船上，我看着它们躺在甲板上，窒息而死或流血至死，痛苦地蹦跳着。受苦的并不仅仅是它们，还有信天翁、海龟、海豚和鲨鱼，它们都被渔网拽出了海面，被卷入一场场屠杀中。

只要我们能带足够的金枪鱼回到港口，似乎没有人介意我们所做的事。我并不仅仅是袖手旁观而已，我也跟其他人一样双手沾满了罪恶。大屠杀、谋杀，无论你怎么描述它，我都是罪魁祸首之一。不过，这个工作报酬颇丰，而且我又在自己喜欢的海上。我接受了报酬，留在了海上。可我并不觉得光彩，而且我在捕鱼船上待得越久，就越无法接受自己所做的事情。其他人似乎并没有为此感到困扰。相反，我们捕的鱼越多，他们就越高兴。他们并不是坏人，只是像我一样要维持生计而已。

我们都挣了不少钱。当我们没捕鱼或者睡觉或者吃饭的时候，就是在赌博。我喜欢赌博，非常喜欢，有点喜欢得过了头。赌博让我感觉自己是他们中的一员。我也很擅长赌博。而且赌博非常吸引人，它让我忘了一切。然而每一次赌博都只是个短暂的休息。很快我就又回到甲板上，继续我的杀戮。

我坚持了尽量长的时间，可几年过去后，我受够了。哪怕只是看见一条死掉的金枪鱼，我都能感到极度恶心。一天夜里，在回港口的途中，我躺在床上无法入睡。每当闭上眼睛，我都能看见一条垂死的金枪鱼在死亡的痛苦中在甲板上跳来跳去。于是我知道自己无法再继续下一次出海捕鱼了。我紧握住我的幸运钥匙，对自己发誓说，只要一回到悉尼，我就要去做那件我多年前就应该做的事，那件我答应马蒂的事。我要去英国找我的姐姐凯蒂。我全部心思都在这件事上，但是其他人都想去城里玩一晚上，我也跟着一起去了。到第二天凌晨离开赌场的时候，我所挣的每一分钱都花光了。我根本负担不了去英国的机票。

多年的时间过去，我发现很难对自己解释，我为什么做了接下来的事。我想，我当时脑子里一定只有这么三件事：我需要钱，出海仍是我最想做的事，还有就是我永远都不想再回去捕鱼了。我记得自己那时手里提着行李箱，走在悉尼的某条街道上。我偶然抬起头，看见一张海报上有张人脸正低头冲着我笑。那个人穿着制服，是海军制服，而且他看起来就像在方舟里那张照片上的米克一样。他穿着同样的制服，同样的尖顶帽，佩戴着同样的澳大利亚皇家海军徽章。征兵办公室里的水手招手叫我进去，原来海报就是关于这个的。参军就是这么简单。一如平常，我觉得是我的幸运钥匙帮的忙。我加入了海军，我口袋里会有稳定的收入，而且我会在大海上。太完美了。我在虚线上签上了名字，几个月后，我又回到了船上，是一艘非常不同的船，一艘驱逐舰。

我不常读报，也几乎不看电视。在那个时候，我不怎么关注外面的世界。假如不是这样，我也许能预见到将要发生的事。几年后，我们乘船出征，驶入了越南战争的战场。这是另一种谋杀，不过受害者不是鱼，而是人。

第二十二节　心神涣散

　　现在世界上的人大都太年轻，所以不记得那场发生在越南的战争。战争很快地成了历史，而在人们从中吸取教训之前，又太快地被大家遗忘。这就是为什么我们会遇到更多的战争，而且一直越来越多。对于那些参与了这些战争的人来说，却无法将它们遗忘。我无法忘记我们的枪炮喷出的怒火，还有舰船被击中时发出的颤动，以及随之而来的一片死寂和伤员痛苦的哀号。后来，他们管这个叫"友军炮火"。我们遭到了友军的炮击，他们说这是个"令人遗憾"的失误。那时候，给人的感觉远不止令人遗憾。一个个好人无辜而死，我很庆幸自己不是其中之一。

　　这些是我确实记得的事，记得太清楚，而我并不想要想到这些。而且我也不想写到它们，可我不能略过在越南的这一段历史，假装它从未发生过，假装自己从未去过那里，从未被卷入这场战争。这并不是因为我对这段过去感到自豪，因为事实恰恰相反。

我们曾在海上度过枯燥乏味的岁月，曾经在漫长的夜晚里在甲板下大汗淋漓。我仍然记得当枪声响起的时候，兴奋的心情是如何转变成了深深的恐惧。我仍然能看见来自阿德莱德的迪奇·邓奈利躺在甲板上，双眼望向头顶的天空，眼神却已经永远停滞在了那里，那时，我们刚刚为他过完十八岁的生日。他身上没有伤口。他一定是死于爆炸的冲击波。我握着他的手，感觉到最后一丝生气从他体内溜走。

但是，除了迪奇·邓奈利之外，这场战争中的大多数伤亡都发生在遥远的海岸上。我发现，当你离自己的目标数英里远时，要杀死他们会容易得多。你在自己的舰船上，远在大海之中，只需要发射枪炮便可。你看不见炮弹在哪里着陆。所以你就不会去在意，因为没有必要，至少一开始是这样，直到你跟死亡面对面。在目睹了迪奇·邓奈利的死之后，我就再也无法把这一切移出我的脑海。这就是我们的炮弹正在对北越南人所做的事。他们也是像迪奇·邓奈利一样的年轻小伙子，有父母，有兄弟姐妹，是我素未谋面的敌人。而我射出的炮弹杀死了他们。我在海上所做的一切，在我看来，都是杀戮。

我等不到战争结束就离开了海军，带着身心的创伤离开了大海，我希望永远不用再回去。我已经厌倦了大海，厌倦了这个我一直热爱、一直想要停留的地方。对我来说，大海已经成了一个血腥之地。

离开海军之后，我回到了内陆，过着四处漂泊的生活，做着任何可以找到的工作。我在西澳大利亚挖过金矿，也曾在北部地区的养牛场上工作，大多数时间都在给牛打烙印中度过。我还曾季节性地到阿德莱德外的嘉利谷中的葡萄园里摘过葡萄。在那之后，我到新南威尔士州附近的阿米代尔的一个牧羊场上当过一段时间的新手。在那之后，我这辈子都不想再看见绵羊了。这工作又累又臭。有时候，我感觉自己仿佛又回到了库珀的牧场。

我无法长时间在某处定居。我一直不停地奔波、迁移着。我既没有离开某处，也没有去向某地，只是一直漂泊流浪着。我脖子上仍旧挂着凯蒂的钥匙，从来没有摘下来，一次也没有过。可是，我早就已经不再相信它能带来好运了。我戴着它，很大程度上是出于一种习惯，又或许是因为我仍然觉得自己有一天会回到英国去找到凯蒂，去证实她是否真的存在过，去弄明白这把钥匙的用途。

可我从来没有，而我很清楚原因。我害怕了，害怕自己会发现最糟糕的结果，发现她从没存在过，而是我为了不让自己在这世界上感到孤独一人而编造出来的。然而，每当我站在镜子前刮胡子，然后透过镜子看见这把钥匙时，我还是会想到它。我每次触摸到它的时候都会想。可是，我心里怀着的任何要付诸行动的想法都会很快地消散，一同消失的还有我的心智。我已经心神涣散了。

当事情发生的时候，我并不知道原因为何。即便到了现在，我仍然无法理解这一切。假如说是身体的原因造成了我的问题，那多半是因为缺乏睡眠，因为在健康这个问题上，我觉得身体和思维是密不可分的。无论在一天的工作结束后是多么的疲惫不堪，我都始终无法入睡。我会躺在床上，不是辗转反侧，只是静静地回想。而且无论我怎样努力，我的思维都会回到我在回想的事情上来。脑海中都是那一场场的杀戮。有闪着光的金枪鱼躺在甲板上流着血，为了生存而挣扎着，还有手上迪奇·邓奈利最后一次呼吸的温度。

然而，如噩梦一般缠绕着我的还有另一幅画面，每当我闭上双眼都会出现在我眼前。我想，一开始它是杂志上的一张黑白照片，然后又变成电视上的图像。那是一个越南的小女孩正逃离她的村庄的画面。她已经被汽油弹烧伤，而且是非常惨重的烧伤。她需要救助。她朝着我跑来，赤身裸体地哭喊着。她一直朝着我跑来，对着我伸出双臂，突然间，她的脸变成了凯蒂的脸。我知道自己曾经参与的这场战争，对她，对这样一个跟凯蒂一样的女孩，还有成千上万的其他人都造成了严重的伤害。每个晚上，她都会出现在我眼前；每个晚上，我都无法入眠。

早晨我会上班迟到，或者是在上班的时候睡着。我会被解雇。我一次又一次地被解雇。每次挣到一点钱，我当天就会在赌桌上全部输掉。我会搭车去任何地方，而且到达时完全不知道自己身在何方和为何会到此处。我感觉自己一点点地滑入了一个绝望的黑洞。我不知道要如何阻止自己，而且到最后我甚至都不想要阻止自己。放弃努力然后随波逐流看上去要容易得多，于是我这样做了。

醒来的时候我在医院里。他们说我喝了一整瓶威士忌，还吃了一大把药片。医生说我很幸运，有人及时地发现了我。可我一点也不觉得自己幸运。他说，为了我的安全起见，想让我留院观察。他说，我之前一度情绪崩溃。这也是一种疾病，在治疗结束前我必须住院。我很快了解到，这里是只有得到医生允许你才可以出院的那种医院。我透过医院的窗户向外望去，看了大海。我问他们，我这是在哪里。"塔斯马尼亚岛的霍巴特市。"他答道。他转身走出房间后锁上了房门，就像在库珀的牧场时猪仔贝肯所做的那样。我又一次成了囚徒。

这就是我，年过四十五岁，处在人生的谷底，有自杀倾向，在霍巴特的某个医院里丧失了心智。即便到了现在，我也不知道自己当初是怎么去的霍巴特。不过，我的脖子上仍然挂着凯蒂的

my fair lady......

钥匙。医生问了我很多关于我童年的事情。我给他看了我的钥匙，还跟他说了凯蒂的事。他问我，是不是完全凭空编造出了凯蒂这个人。我创造出这个人，是不是因为我非常希望她的存在能让我感觉自己有一个家。

我的医生，他是个很奇怪的人。他从来不笑，一次也没有过。不过公平点说，他也从来没生气过。而且我常常给他各种可以生气的理由。回想起来，我似乎把这个可怜的人当做了出气筒。他似乎毫不介意，任由我恣意发泄。没有什么能干扰他职业性的镇静。我有种强烈的感觉：他完全不相信我跟他说的话，而且我觉得他完全不在乎。所以过了一段时间，我什么都不再告诉他了。我们会长时间地沉默，我会凝视着窗外的大海，看海上那一艘艘的船。

就是在一次这样沉默不语的治疗过程中，我突然感到有一种新的渴望在心里蠢蠢欲动。我又想要造船，又想要驾船出海了。我会坐在房间里一遍又一遍地大声背诵《古舟子咏》。它让我感觉自己又在大海上，让我想起了马蒂和梅格斯阿姨。我还记得自己在洗澡时放声高唱《伦敦大桥垮下来》。我喜欢洗澡，而唱歌让洗澡的感觉更棒。我悲伤而孤独，极其孤独，为我曾爱过、曾失去过的每个人而伤心。

有一天早晨，病房里一位新来的护士对我报以微笑，并不是因为她努力要表现得亲切一点，而是因为她本来就非常亲切。她把我当成一个人来对待，而不是当成病人。每当看见她的身影，我的整个世界仿佛都被点亮了。我为她深深地着迷了，不仅仅是因为她那柔美的容貌和乌黑闪亮的秀发。还有她的笑声，和她那蓬勃的朝气，让我振奋起精神，她不在的时候，我便会感到孤独。当我跟她讲凯蒂的钥匙，讲库珀的牧场、马蒂、梅格斯阿姨和越南战争的时候，她认真聆听了，而且还需要了解更多。当我为她背诵《古舟子咏》时，她也认真听了。一点点地，每次见到她时，我都感觉自己又恢复了心智。我为她制作了一只模型船，一艘有着三个大红色烟囱的邮轮。我渐渐看见了一条走出黑暗的通道。当我看见光线的那一刻，我就知道自己一定能够朝着它慢慢爬上去。

我做到了，几个月后，当我走出那家医院的时候，我的护士在等着我。她的名字叫吉塔。那天早上，在她开车送我离开的途中，我意识到她就是我多年来一直在寻找的那个人。跟吉塔在一起，我找到的不只是快乐。我又找回了自我，还给自己找到了一个家，还有整个家庭。最棒的是，我现在有了活着的理由。

第二十三节　噢，我真是个幸运的人啊

　　吉塔帮助我重拾了信念，不仅仅是对自己的信念，也是对周围更广阔世界的信念。当你落魄潦倒的时候，你眼中的世界充满了阴暗与无情。你越觉得世界阴暗无情，就会越加觉得世间的一切都是如此，而结果也往往的确如此。这是种必然实现的预言。我曾经就身陷在这样的恶性循环中。然而，从我遇见吉塔的第一天起，她展示给我的就是这个世界并非如此阴暗无情，而且大多数人也都不是这样，我自己也并非如此。她并没有用传道一样的方式来告诉我，而是通过她自己的为人来让我相信。真正的好人就是这样。温暖的阳光仿佛就从他们的身上透射出来。他们能瞬间暖透你的全身。吉塔就是这样的人。就像歌里唱的——有时候歌词的确能唱到人心里去——当她微笑时，仿佛整个世界都跟她一起微笑。我比她年长一倍，可她仍然选择了爱我。如果不是她先对我表白，我是永远不敢告诉她

我也爱她。噢，我真是个幸运的人啊！

她来自一个幸福和睦的家庭。在我出院的那天，她开着车送我的时候带我去了她在霍巴特海边的家。他们有一大家子人，是我见过的最庞大的家族了，他们都是希腊克里特裔，一共好几十人。他们除了哭泣的时候就都在笑，笑声非常响亮。他们都是非常极端、非常棒的人。他们立刻把我当成自己人一样地热情欢迎我，而这对我来说意义无比重大。我是吉塔选择的男人，所以我就是这个家庭的一员，不需要多加疑问。他们都坦率而包容。第一次与他们共进午餐时，孩子们就一个劲往我腿上爬。他们一个劲地拽着我的手指把我往沙坑、秋千和海滩拉。他们又找到了一个新的大宠物做玩伴。我在阳光下跟他们一起开怀大笑着，就像多年前我跟马蒂在方舟的时候一样。

从那天起我就知道，我有了一个家，一个真正属于自己的家。我还跳了舞，这是我人生第一次跳舞。克里特人都爱跳舞。吉塔教我跳舞，一开始我的脚完全跟不上音乐的节奏，她带着我一步步地学，教我要去感受音乐，跟着音乐走，这果然起作用了。不过，我永远无法像真的克里特人、像吉塔那样跳舞。你能看见音乐在她周围流转。她看上去太美了。

不过，还不只这些。吉塔还没有跟我提到过。也许她是想等着她父亲亲自跟我说。午餐后，当我们在海边散步的时候，这位老人跟我说："亚瑟，吉塔说你喜欢船。"他常常抚摸他茂密的白胡子，我想，不是为了装模作样，而是因为喜爱。他眼角的闪光似乎在期待一个回答。你并不是在跟吉塔的父亲交谈，而是他说，你听。

"我也是，"他继续说，"我也喜欢船。我从小就伴着船长大，那时我还是克里特岛上的一个小男孩。现在我有了自己的造船厂，'斯塔夫罗斯造船厂'。现在我可以自己造船了，有大船、小船、宽船、窄船，任何有人买的船。而且我造的船都非常好，是最好的船。我们全家都会造船。你可以帮助我们，对吧？"他没等我回答就又接着说下去，"很好，那很好。"然后他停下来，转向我，"我希望吉塔能嫁给一个好的克里特男孩，一个年轻力壮的男孩。不过她说，她想嫁的是你。吉塔就像她妈妈一样，你不能跟她争论。你不是个克里特男孩，不过这不是你的错。而你年龄也已经不小了，这也不是你的错。她喜欢你而你喜欢船，对我来说这就够了。"

我就像一只偷到奶油而且立刻安然脱险的猫。好事情还不只这些。一两个月后，我就跟吉塔结婚了，而且为她父亲设计了所有的船，还为孩子们制作了很多模型船。我们一起生活在紧挨着造船厂的巨大的家里，在走廊上每个人都有自己的椅子，甚至还有我的，这是吉塔父亲送我的结婚礼物。

接着，像蛋糕上的糖霜一样锦上添花的事来了。我知道我不应该把不同的比喻混到一起，偷到奶油的猫和蛋糕上的糖霜看起来一点都不搭调。不过为了形容我人生最重要的这一时刻，我得把脑子里的各种比喻全用上才行，我又想到了一个！很快，我跟吉塔有了我们自己的女儿，艾丽，全名是亚历克西斯，不过我从来不那样叫她。其他人都叫她的全名，不过对我来说，她永远都是艾丽。

"她的鼻子像你。"吉塔对我说。幸运的是，她只有这一点像我，别的都很完美。我必须得这么说，因为现在为我把故事写下来的就是艾丽，是她用文字处理的软件把我讲述的故事都打出来。不过，我说的的确是真的。她打起字来跟我说话一样快，这实在令人惊奇。对于我来说，她一直令人惊奇，从十八年前她出生的那一刻起就是这样。那仿佛就在昨天。

在岳父的造船厂里，我把多兹先生的设计改造成了能出海的游艇和小帆船，还有摩托艇。现在，我第一次有了机会可以去想象一艘船，像构思一个故事一样在脑海里勾勒出它的样子，然后绘制草图，进行设计，最后把它制造出来。不过，自始至终，我始终谨记着多兹先生的原则：制作一条船是为了要让它能与大海共舞，不是为了追求速度或者光鲜亮丽的外观。为了这个，我跟我的岳父有过几次争执，但当他发现我设计的船都卖得很好时，也就非常乐意让我照自己的想法去做了。

有一条船是我自己亲自构想、设计和建造的。我从来不让任何人靠近它，甚至是连看一眼都不行，直到我完成了它，第一个看见它的人就是艾丽。我叫它"凯蒂"号。这是我脑子里想到的第一个名字，在那时就觉得这个名字很棒。艾丽喜欢一遍又一遍地念这个名字。于是这个名字就确定了下来。"凯蒂"号是亮黄色的，它能够驾驭艾丽的澡盆里那最猛烈的波涛，能够经受住她的各种橡皮鸭子和丝瓜络的冲击。同样是基于多兹先生的设计之一，"凯蒂"号也是一艘结实而又坚固的船，是史上最值得进入澡盆的船。无论艾丽怎么想、怎么一次又一次地尝试，就是无法把这艘船翻过来。如果把"凯蒂"号翻过来，它会立刻又蹦回来。

艾丽长大些后，我给她造了一条更大的船，我给这条船命名为"凯蒂二号"，它也是黄颜色的，有全套的桅杆，可以在池塘里玩。我发现，多兹先生的设计，无论对于海里、池塘里或者澡盆里的船都同样适用。艾丽学会走路以后，我给她造了第一艘真正的帆船，一只小艇，叫"凯蒂三号"。这条船的大小足够我们一家三口一起乘坐。有一年的圣诞节，在艾丽的坚持下，我同意让她掌舵。那天，她带着我们驶向大海的时候，唱起了她最喜欢的歌《伦敦大桥垮下来》！想不出是谁教的她！

　　艾丽是个天生的水手，可以肯定这是因为她从小就开始学习。我几乎不需要教她。她本能一般地驾着船，享受着每分每秒。在六岁那年，她赢得了第一场比赛。她是为了在水上航行而生的。每天放学后，她都会到造船厂来，不仅仅是在一旁看，还会自己动手造船。对她来说，造船厂是仅次于大海的好地方，而她总是能想到精明的办法把两者联系起来。

　　她是通过正确的方式学习的关于船的知识，就是多兹先生的方式，也是我的方式，那就是从龙骨往上，从里到外。她还了解了大海，因为她总是在海上。当然，我只要有时间就会陪她一起去，不过我没空的时候，她就会缠着船坞里别的人陪她去。要拒绝她相当困难，对我或任何人都一样。甚至连我的岳父，她的外公，这样一个对任何人来说都不太好说话的人，都任由她摆布。吉塔曾经说，艾丽把我们俩控制在她的股掌中，这样说一点也没错。不过，她的手段很聪明。她知道自己得多花时间在造船厂里。无论有任何需要干的活她都会去做。她也是个打杂跑腿的，就像我跟马蒂曾经在多兹先生的造船厂里做的一样。她工作很认真，又勤快，工匠们看在眼里，都很喜欢她，这也就是为什么她无论如何都能从他们中找到某个人跟她一起驾船出海的原因。

　　看着她如此心系她的船，如此快乐，这鼓励了我重新认真地拾起了航海的事业。看着她脸上的喜悦，那种纯粹而勃发的生气，让人不得不深受感染。我发现，不仅仅是因为她跟我在一起才觉得那么享受航海，而是我重新爱上了航海本身，就像过去那样。我享受着航海，因为没有什么比它更让我感觉自己还活着。虽然，当看见一条擦肩而过的捕鱼船，还有海平面上那一列列显而易见的军舰时，我内心仍会感到痛苦纠结。然而，我记得更多更清楚的是跟马蒂在一起的那些令人陶醉又快乐的日子。现在我在海上的时候，要么是自己一个人，要么就是跟女儿在一起。吉塔很少跟我们一起出海，只有在她所谓的郊游日里，当大海慵懒平静，海面上的风小得连船帆都松松垮垮地耷拉着的时候，她才会跟我们同行。她就喜欢在这样的天气出海，不过我跟艾丽觉得这样无聊至极。

事情就发生在这样一个郊游日里，我想那时艾丽差不多十岁。我们吃过午饭后，正在阳光下消磨时光。我闭着双眼，感觉到艾丽在拨弄我的幸运钥匙。她很喜欢这样。"爸爸，再跟我说说这把钥匙的故事吧，"她说，"还有你的姐姐凯蒂。"我已经给她讲过几百次这个故事了，每次都努力要讲得更有趣些。这一次，当我讲完的时候，她把钥匙从我身上取下来，挂在了她的脖子上："爸爸，等我再长大些，你知道我们应该做什么吗？我们应该驾船去英国找她。可以吗，爸爸？"

多年前，当我跟马蒂驾船经达尼丁去新西兰的时候，他也是这么说的。

"可以吗，爸爸？"艾丽又追问道。

"去英国的路太遥远，"我对她说，"要穿过半个地球。假如我们去了那里却找不到凯蒂怎么办？我完全不知道她会在哪儿。"

"我们会找到她的，"艾丽说，"我们一定可以的，而且我们还会弄清楚这把钥匙的用途。我猜它是一个盒子的钥匙。一定是的，对吧？这是把很小的钥匙。然后我们会把盒子打开。你觉得里面会是什么？"

接着，我说出了那句话，相当的慎重。我已经考虑过，而且很认真地说这句话。"我不知道里面是什么，"我回答，"不过艾丽，我们会去探个究竟。当然，我得造一艘更大的船，不过我能做到，也一定会做到。我们要驾船去英国，还要找到凯蒂。只要她在那里，我们就一定能找到她。我早就应该做这件事了。"

"你保证吗，爸爸？"她兴奋地睁大眼睛望着我说。

"我向你保证，艾丽。"我回答道。我已经下定决心，一定要兑现这个承诺。

然后我望向吉塔，她也知道我决心已定。我看得出，她突然显得很担心。但我现在不能改变主意。我已经向艾丽保证了。就在那片刻间，一切都已经成定局。等到艾丽长大些，我们就会实现今天的承诺。我们会一起驾船去英国寻找我的姐姐凯蒂，还要弄明白我那把幸运钥匙的真正用途。那天傍晚，在回家的路上，我已经开始在脑海里设计那艘船，我把它命名为"凯蒂四号"。

第二十四节 "凯蒂四号"

　　假如不是艾丽一直督促我，这一切本可能只会是一场白日梦。不过，她并没有纠缠我。但她的确一直在督促我，每一次督促都是一种提醒，提醒我要加快进度，让我继续坚持下去，每当我想到倒退的时候就给我造成一种愧疚感，她太了解我了，至今仍然如此。她很清楚，只有通过她自己的努力，通过迫使我努力，她关于船、关于海上探险的梦想才有可能实现。我之所以要推迟兑现自己的承诺，也有我自己的原因。我有非常合理的理由。

　　在我们着手这样一次旅程之前，我和艾丽都仍需要积累大量的航海经验，对于这一点，吉塔非常坚持。她说，除非她能够确定我们俩都已经准备好了，否则她是无论如何都不会让我们去的。岳父大人也说了同样的话。

　　他说："只有我说你们准备好了，你们才能去。"而他是个言出必行的人。

　　吉塔也说得相当清楚，必须得等到艾丽十八岁以后才能去，而到她十八岁还有好几年的时间。不过，几年的时间稍纵即逝。我脑海里正在构思的船长达三十三英尺。多兹先生说过，这是远洋航船的理想尺寸，因为它足够坚固。他曾经对我说："船的大小并不是拿来吹嘘的。看看'泰坦尼克'号的结局就知道。"在忙着构思我那坚实稳固的三十三英尺大船的同时，我常常出海练习，这都是受了艾丽的鼓舞，她几乎参加并且赢得了每一场比赛。

　　我知道她的想法。通过壁炉台上不断增加的一座座崭新的银质奖杯，她在向我们证明她是个多么优秀的水手。吉塔为她感到骄傲，她的外公也非常自豪，我有时都感觉他有点太自豪了，当然作为外公他有这个权利。不过，他们俩都对于我们要去往远在半个地球之外的地方感到不甚乐观。他们也把这种心情表达得非常明确。艾丽已经不只是谈论着去英国然后在那里寻找凯蒂，而是说着想要做一次完整的环球航行。

　　从我这方面来说，虽然没有赢得任何的银质奖杯奖牌什么的，可我的确在进行训练。我参加了四次悉尼至霍巴特的竞赛，当然，全家人都去送我起航，在电视上关注我的进展，在我回家的时候迎接我。我遇到过一些险情，悉尼至霍巴特竞赛总是会出现这些情况。我参加的船从来没有赢过比赛。不过对我而言，赢得比赛并不是重点。我在重新学习曾经跟多兹先生和马蒂一起学到的东西以及更多的新知识。我能感觉到，每一次比赛，我的自信和实力都在不断增长。更棒的是，多亏了艾丽的坚持和坚强决心，岳父渐渐地转变了态度。虽然还是一样的谨慎，不过他渐渐开始鼓励我们尽最大努力去尝试。他说，艾丽的航海才华是与生俱来的。克里特人是世界上最伟大而勇敢的水手。

当我告诉他，我需要请一段时间的假去独自做一些更长的航行时，他为我做了安排，就像多兹先生以前那样，让我到各地去交送斯塔夫罗斯造船厂制造的船。我又一次驾船去了新西兰，不过这次是我独自一人。我跟艾丽一起去过一次巴厘岛，还一个人去过香港。每一次的旅程，我都在考验自己的忍耐力，学习如何应对各种大灾小难，每一次我都是在重新认识大海，重新了解风与浪。我准备好了。我已经达到了最佳状态。

现在，艾丽已经十六岁了。我们俩已经一起进行了多次航海，是去往远洋的长途航行。我知道她是一个多么杰出的水手，毫无疑问，已经远比我优秀了。她只需要感受一下风，再看看海浪，便知道它们此刻想要如何舞动，就知道要使用什么样的帆；她已经完全掌握了现代航海的各种小发明。她这方面的才能跟航海一样似乎是与生俱来的。当她在船上的时候，我大多数时间都

my fair lady......

在做饭、看信天翁或海豚，或者是看星星。驾船的事完全用不着我。不过她还只有十六岁。吉塔现在也还是不太情愿让我们去，而且我们现在还没有船。

不过，我们现在已经有了一个设计，更重要的是，我们有了制造它的办法。岳父大人跟我做了一笔交易。他说，他会赞助我们整个航程，包括一切，甚至小到船上的烤豆罐头。但他希望把"斯塔夫罗斯造船厂"的名字和标志印在船帆上和船体上。而且，他还坚持让我们尽可能地吸引公众的关注。

"这次航行后，我们可以卖出许多许多的船。"他说。

"只要我们能给这艘船命名为'凯蒂四号'就行。"我对他说。

"你想叫它什么都行，"他说，"总之要把它制造成你这辈子造过的最安全的船。而且你一定得把我的小艾丽平安无事地带回来，听明白了吗？"

到了现在，造船厂里的每个人都成了这个浩大工程的一部分。我们一起建造了龙骨。所有人都聚集到一起来帮忙，每一个人都被艾丽的活力和热情给点燃了。他们都对她非常熟悉，毕竟从还是个小不点的时候，她就整天待在造船厂里了。他们都曾看着她一天天长大，现在，他们都希望能够成为她梦想的一部分，想要帮助她实现梦想。他们都知道我脖子上所挂那把钥匙的故事，都知道我的姐姐凯蒂。造船厂里的每一个人都觉得自己也是这个故事的一部分。更棒的是，他们正在让这个梦想变成现实。从来没有一条船像"凯蒂四号"这样，在如此多的关心和感情中诞生。我们都想把它打造成航海史上最安全的一艘船，把它推倒后又能立起来，把它掀翻之后自己又会翻回来。它必须是不会沉没的；我们要让它变成不可能沉没的船。

数月以来，艾丽都日夜跟我们一起在造船车间里工作。吉塔同意她这样做，只要她保证能跟得上学业。她对这一点要求非常严格。所以艾丽就两者兼顾。要得到吉塔的支持，是整件事最困难的部分。随着龙骨的架构逐渐显现出一艘真正的船的雏形，随着即将来临的艾丽的十八岁生日，随着航程的计划逐渐明晰，她也变得越来越担忧。我和艾丽都想尽一切办法要减轻她的恐惧，去说服她我们一定会安然无恙。然而，在一个又一个夜晚，她都会躺在我身旁难以入睡。我试图让她相信这艘船会有多么的安全，相信我们一定会作好万全的准备，也相信我和艾丽都是多么擅长在海上航行。我们已经去过宽广的海域，我们能够适应，能够应对，能够平安归来。然而，只是口头告诉她这些并不足以让她放心。

是艾丽想到了一个办法，至少能够让吉塔对这件事稍微宽心一点。她把这次航行中的其中一项工作交给了吉塔，一项至关重要的工作。她告诉吉塔说我们需要一个人在家里负责通信，包括电子邮件、卫星电话和网站。艾丽说会把需要知道的一切都教给她。这回一下子就起作用了。我们在造船厂里完成龙骨的时候，艾丽也和她妈妈一起在家里工作。她们把储藏间改造成了通信室，配上各种装备，买来了电脑和所需要的各种装置。

"凯蒂四号"第一次下水时我们所有人都一起去观看。吉塔为我们主持了仪式。"我将此船命名为'凯蒂四号'，愿它能带着你们二人到达英国。亚瑟，愿你能找到凯蒂，找到你所寻找的一切。最重要的是，愿它能带你们安全返回。"那天早晨，我看见许多成年男人都流下了眼泪，我也是其中之一。岳父也是。看着船入水的时候，艾丽一直紧紧地握着我的手。

"谢谢你，爸爸，"她悄悄对我说，"这将是一艘最棒的船，是全世界最棒的。我相信它一定是的。"

那天晚上，当我们正在庆祝的时候，我知道有什么事情不太对劲。一开始我感到有些眩晕，接着我的脑袋开始疼痛。我一直以来都感觉身体非常好，所以第二天早晨我晕倒以后，吉塔就找来了医生。于是故事开始了，各种测试，然后是等待，接着是更多的测试，更长时间的等待，然后是结果，最后是判决。在我的要求下，医生直接告诉了我。我得了脑瘤，恶性、晚期，而且在迅速扩散。他们已经无能为力了。手术、放疗、化疗，任何办法都无济于事。当我问到我还剩下多长时间的时候，他说："几个月。"

"多少？"

"五六个月吧，很难给你一个确切的时间。我很抱歉。"

"我也是。"我说。

从那天起，我有太多的事情需要去考虑，有太多事需要整理。我对吉塔说，我不想要谈论这件事，不希望家族以外的任何人知道，只想要尽可能的一切照常，能多久就多久。如果没有吉塔，没有艾丽，没有"凯蒂四号"，我一定已经崩溃了。我很清楚这一点。

我们一起完成了"凯蒂四号"，把它装扮成艾丽想要的样子。我想要看着它披上漂亮的黄色外衣，艾丽说它一定得是黄色的，因为其他几艘"凯蒂"号都是黄色的，它们之所以都是黄色的，是因为她从小最爱吃的食物都是这个颜色，包括蛋奶糕、黄油还有香蕉。艾丽第一次驾着它出海的时候，我也在码头边上看着，看它在海浪间起舞，我知道我再也造不出比这更好的船了。

在我离开之前，还有一件我必须做的事。我必须把我的故事讲出来，记录下来，包括我到现在为止所记得的一切。一开始，我还能够自己写，但情况渐渐恶化，由于视力下降，我只得改为口述。不过，我更喜欢这样。对于我来说，讲故事要比写故事容易得多。

有一部分故事是口述给吉塔的，不过我有时觉得她好像觉得难以承受这一切。所以就改为艾丽跟我一起来完成这个故事。

所以，我们最后没能一起环游世界，但我们已经一起经历了人生。艾丽昨天告诉我说，她已经跟她的母亲和外公商量过，并征得了他们的同意。她说她将自己驾驶着"凯蒂四号"去英国，还说到了那里以后，她会尽一切可能找到我的姐姐凯蒂，还要告诉她我的故事，并且弄清楚我的钥匙，也就是凯蒂的钥匙的意义。然后她会再一路驾船返回家里。她说，虽然吉塔和外公都还有些犹豫，不过他们会让步的。他们一定会的。她是个好女孩，我的艾丽，是个很棒的女孩。

我曾经觉得，她跟我说这些是为了让我开心点。不过艾丽是个言出必行的人，这点跟她的母亲和外公非常像。所以我想，也许她真的会这么做。一想到有一天凯蒂和艾丽会见面，我就非常开心，仿佛我的现实世界跟梦想中的世界终于相交了。唯一的遗憾是我见不到那一刻了。或许我还可以等到那一天。谁知道呢。

就像我在故事的开始所说的那样，在开始讲述我的故事之前，我就已经知道了它的结局。或许这还不是最后的结局。我会继续在吉塔的记忆和艾丽的记忆中存活一些时日。只要她们还活着，我就会是她们生命的一部分，就好像马蒂和梅格斯阿姨一直占据着我生命的一部分一样。我的这个故事会帮助我活得更长一些。这正如我所愿。我非常希望能这样。突然，要活得更久一些对我来说成了世界上最重要的事情。

不过这就是这个故事、我的故事的结局。我身上即将发生的事也是每个人的故事都会有的共同结局。这既不是个快乐的结局，也不是个悲伤的结局。只是一个终结。是时候说再见了。

亚瑟·霍布豪斯　著

（凯蒂与马蒂之弟，梅格斯阿姨之子，吉塔之夫，艾丽之父）

附：谨以此故事献给吉塔。凯蒂的钥匙以及我的《古舟子咏》一书将由艾丽持有。

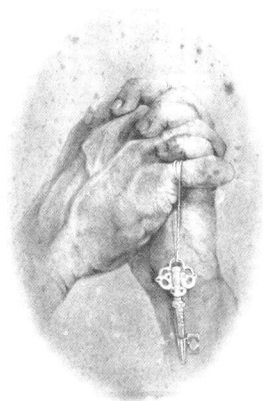

第二章　"凯蒂四号"航海日记

第一节　世间因果自有报

我一直都喜欢摆弄船，也喜欢待在船上。就像爸爸说的，从浴盆到南边的大海，我一辈子都在跟船打交道。我想我是为航海而生的，我是说真的。所以当我出发开始我伟大的海上奇遇时，我是打心底想去的。几乎是从我开始记事起，就一直有着这样的梦想。我并不只是因为答应了爸爸才去的，这只是其中的一个原因而已。是的，爸爸造这艘船就是为了要跟我一起去英国，去找凯蒂。而且，我也为了要实现我的承诺而作了非常大的努力。当然，我是带着对爸爸的怀念去的，不过更多的是因为我自己想要去。

他是我在从彭赞斯去伦敦的夜班火车上遇到的一个人，我们聊上了，这在火车上是常事。老实说，我一开始并没怎么注意他。那时我正开着手提电脑，忙着给妈妈和外公写邮件。况且，我也并不想聊天。我很累了。我想要赶紧写完邮件，然后好好睡上一觉。可我们还是聊上了。不对，真实情况并不是这样。实际上是他开始聊天，而我只是听着。我想，我之所以听着，是因为他很有趣，而且他是澳大利亚人，是我数月以来第一次面对面说话的澳大利亚男孩。火车还没有离站的时候，他就用一分钟左右的时间讲完了他的整个人生故事。

他的名字叫迈克尔·麦克拉斯基。出生在悉尼，在帕拉马塔上学，讨厌上学，所有时间都尽可能地待在海边冲浪。离开学校，决定要环游世界，寻找出最适合冲浪的海滩。去了英格兰、康沃尔、纽基，还有圣埃弗。这是个大错误。没人告诉过他，英格兰没有好的海浪。他说，在茶杯里都能找到比那里更大的浪。他过去几个月的时间都坐在下着毛毛雨的灰色海滩上等着海浪，现在他的钱花光了。他要回家了，回到阳光下，回到澳大利亚的海浪中，那是真正的浪，波涛滚滚，似雷鸣一般翻卷而来，最适合冲浪。

"你冲浪吗？"他问我。

"不，"我对他说，"我航海。"

"一回事。"

"不，不是一回事。"

"吃块玛氏巧克力吧。"他说。

　　这就是事情的开始，一次争论和一块玛氏巧克力。接下来的六年里，我们仍然时不时地争论，但并不那么频繁。不过每当我们发生争执的时候，常常会靠分享一块玛氏巧克力来讲和。它让我们想起那次火车旅行，想起我们第一次相遇的时候。那段回忆总是让我们脸上浮出微笑，当你在微笑时，要吵架就感到困难了。我之所以知道，是因为我试过了。

　　"那你呢？"迈克尔说。

　　"我怎么了？"

　　"好吧，我已经告诉了你我的人生故事，现在轮到你跟我讲讲你的故事了。"

　　"你只是在跟我搭讪而已。"我对他说。

　　"是的，没错，"他回答说，"但你还是跟我说说吧。这段路还长着呢。"

　　这一点他说对了。今晚还剩下八小时，车上的座位非常不舒服，要睡觉并不太容易。此外，他相当有说服力。

　　"你的手臂怎么了？"他说。

　　我差点忘了，我的一条胳膊还打着悬带呢。我已经习惯这样了。"这说来话长了。"我对他说。

　　"我听着呢。"他回答道，给了我一个大大的微笑，露出洁白的牙齿，"如果你愿意的话，可以把你的名字一并告诉我。"

那天晚上，我告诉了迈克尔我的故事（还有我的名字），因为我喜欢他。好吧，我说出来了，不过事实就是这样。一开始我想，我就像他那样，把自己的人生故事几句话简要带过，尽快说完就算完事。可是当我开始讲时，事情就没按照我计划的走，这都是因为他不停地引出更多的内容。

我开始讲故事的时候，车猛然一动，然后开始轰鸣着驶离了车站。后来，到了第二天早上，我都还没讲完我的故事。我想我知道自己为什么会尽可能地向他吐露自己的故事。是因为他听得如此专注，仿佛我说出的每一个字都吸引住了他，感觉就好像是在睡前给一个小孩子讲我的故事。他不想让我停下来，不停地问各种问题，不停地让我解释得更详细些。所以不只是我一个人在讲故事，而更像是两个人在交谈。我有如此多的东西想要给他看，如此多的证据：包括手提电脑上的所有电子邮件，爸爸的故事的打印稿（已经磨损相当严重了），还有爸爸的那本《古舟子咏》，这两样东西都是我放在"凯蒂四号"上，一路从澳大利亚带来的。他尤其喜欢那些邮件，还告诉了我原因。他说，当读到那些邮件时，仿佛信上的一切都那么真实，好像他就跟我一起在船上一样。

那么，我会像这样给你讲述我的故事，就像我第一次讲给迈克尔听那样，只不过这次不会被他打断了。

第二节　两次送别和一只信天翁

就在我终于把爸爸的故事都打出来之后，过了两个星期，他就去世了。他把他的那份副本放在了床头柜上。那个时候，他已经没有办法阅读了，但他知道这本书已经顺利完成了，而且为此感到非常骄傲。他最后一次还有意识的时候，我一遍又一遍地给他唱他最喜欢的歌，直到确保他听见为止。"伦敦大桥垮下来，垮下来，垮下来，伦敦大桥垮下来，我美丽的淑女。"

他没有睁开眼睛，但他捏了捏我的手。他听见了。

我们为他办了一场隆重的克里特式的送别仪式，是他会喜欢的那种，我们所有人都在场，整个家族都在，我们一起唱着歌，跳着舞。然后，我们乘坐一支小船队来到海上，我跟妈妈在"凯蒂四号"上，就像他希望的那样，我们把他的骨灰远远地撒向了大海。我读了《古舟子咏》中的几个小节。我知道他最喜欢的那几段，所以我以它们做了结尾。

只有兼爱人类和鸟兽的人，

他的祈祷才能灵验！

谁爱得最深谁祈祷得最好，

万物都既伟大而又渺小！

因为上帝他爱我们大家，

也正是他把我们创造！

就在我念完最后一句的时候，一只信天翁从我们头上滑过，在我们头顶的天空中盘旋。那只鸟的身体里是爸爸的灵魂。我和妈妈心里都很明白，我们不需要说话，就知道对方心里在想什么。

看着那只信天翁远去，我告诉了妈妈我对爸爸的承诺：一旦他去世，我就要独自完成我们未能一起完成的远航。我要驾船去英国，尽一切努力找到凯蒂，然后再驾船返回。我以为她会反对，因为我知道她对于整个计划有多么的紧张和不安，而且那还是在我打算跟父亲一同前往的前提下。可她只是静静地说：“艾丽，我知道你们之间的这个约定。他告诉我了，而且我也知道他的故事，不是吗？他是那么的为你骄傲。你去吧，去完成这次航行吧。这是他想要的。不过，在你完成以后，就得回家来，明白吗？"

为"凯蒂四号"配置装备，计划整个行程，还有各种设备所需的海上测试，这一系列准备工作花费了数月的时间。妈妈必须确认船上的一切都已经准备妥当，否则是不会允许我出发的。外公也跟她一样。他一次又一次地反复检查一切。与此同时，妈妈已经开始寻找凯蒂了。她在网络上寻找，可是一无所获。她还往伦敦市和整个英国各地的公众档案局写邮件，还给在那边的一两位朋友写信寻求帮助。每个人都尽自己所能提供了帮助，寻找一个叫凯蒂·霍布豪斯的人，她大概是出生在伦敦的伯蒙齐区，可是没有人找到一点线索。她出生的时间跟爸爸大致一样，不过就像他一样，我们也都无法确定到底是在什么时候。

我们为"凯蒂四号"建了一个网站，这样大家就能及时了解我们在海上的进展，跟着我一起到英国。网站上有一个链接，是关于寻找爸爸失踪的姐姐的故事，呼吁任何有凯蒂·霍布豪斯相关信息的人与我们联系。也许有人会读到这个故事，希望有人会知道些什么。我们得到了数百的点击量，获得了极大的关注，收到了许多祝福我们好运的信息；可是，似乎根本没有人听说过这样一个出生在伦敦伯蒙齐区的凯蒂·霍布豪斯。

妈妈没有放弃。她和外公还利用上了新闻媒体。他们在地方和全国性的报纸上都刊登了文章。《艾丽的史诗之旅》、《艾丽寻找失散多年的姑姑》。我还做了广播采访和电视采访。外公最喜欢的当然是电视上的报道，因为造船厂的名字一直就在我身后当背景，那是几个巨大的蓝色大字："斯塔夫罗斯造船厂"。从船舷到船尾整个船身上，我的帽子上、雨衣上，所有东西上都有造船厂的标志。每次采访的时候外公都会到场，不会错过任何一次宣传的机会。

　　妈妈认为，媒体报道是寻找凯蒂下落的最佳途径。可是没人给我们来电话，没人跟我们联系，也没人发来邮件。我开始想起有一次爸爸情绪有些低落时跟我说的话：事情都已经过去了那么多年，有时候甚至连他自己都怀疑凯蒂是否真的存在过，她会不会只是他虚构出来的，他的幸运钥匙也许只是别的什么人给他的。也就是说，我们在寻找的可能只是一个虚构的人物。

　　一如既往，妈妈还是保持着乐观的态度。她很肯定，凯蒂是真实存在的。她说，凯蒂就像那把钥匙一样，是真实的。早晚有一天会找到线索的。在爸爸生病期间，她也一直是抱着这种态度。她身边的所有人都只是因为她的坚持才继续保留着信心。就像当初努力让爸爸感觉好一些一样，她也希望我们能开心一些。爸爸最喜欢看我们跳舞，我们整个家族一起。她会跟我们说："让我们像以前一样纵情舞蹈吧，这样他也会感觉到我们的快乐。"就在爸爸去世的时候，她也是我们之中最坚强的一个。是妈妈的坚强和决心支撑着我走过了爸爸去世后的那五个月的时间。没有她，我不可能做得到。

我跟妈妈通过电子邮件联系，紧急情况还会使用卫星电话，她就是我在家里的陆上联络员。我们每天都会联系。有任何技术问题，我都会让她知道。她会告诉造船厂里的工匠们，然后他们会尽可能口头指导我进行维修和保养。任何关于受伤或者健康的问题，她都会问医生。我们希望自己已经考虑非常周全，我们已经作了最充分的准备，万事俱备只欠东风了。可我并不觉得开心。这整件事中有一点让我开始觉得厌烦。在出发前的几个星期里，我成了地方的名人，这种频繁的干扰让我开始觉得心烦。我只想要离开。可我知道，在我出发的那天，他们都会去的，许多人都会去的。我想要趁大家不注意的时候悄悄溜走，可外公不允许我这样。他想让我有一个体面的送别仪式，一个克里特式的仪式。他说，新闻媒体是很重要的。他希望全世界都知道，他为自己的小外孙女感到自豪，为"斯塔夫罗斯造船厂"自豪。外公所说的媒体后来也去了，一切就照这样进行了。

我一辈子都没见过这么多的闪光灯。"看这边，艾丽。""笑一下，艾丽。"我咧开嘴露出了牙齿，我只能做到这样了。抛开这一部分，这次送别仍然使我终生难忘。整个家族都来了。堤岸上演奏着曼陀林琴，他们跳着舞，挥动着双手，哭泣着。造船厂里的所有人也都来了，还有半个霍巴特的人们也都来了。我现在唯一想做的事就是离开。我想赶紧结束这些拥抱和眼泪。我只是想要赶紧出发。

第一件让我担心的事就是周围那几十艘护送着我驶出德文特河，进入开阔海域的摩托艇、快艇、水上摩托和游艇。他们全都环绕在我周围，有些靠得非常近，甚至有点太近。我要是脑袋后面也长了眼睛就好了。我试图挥手让他们让开，可他们好像觉得我是在对他们挥手道别，于是就更热情地向我挥起手来。当我们经过艾尔波特，进入到风暴湾之后，他们立刻掉头返回了，最后，只剩下我自己。身后的微风推动着"凯蒂四号"像梦幻一样缓缓前行着。我一直都热爱着"凯蒂四号"，它长久以来都是我的一个梦，可我从来没有像现在这样爱过它。在接下来的五个月里，它就是我的家。我们将一起完成这次旅程，只有它和我，还有爸爸，它就像爸爸建造它时所希望的那样航行着，是爸爸让我成了现在的我，成了现在这样一个水手。

　　我坐在驾驶室里，享受着拂面的阳光和水雾，仿佛身处七重天。爸爸在他的故事里总是在数着几重天，那么我也可以，我唱着《伦敦大桥垮下来》，喝着旅途中的第一杯热巧克力，正式上路了。

第三节 水母和红辣椒

1月10日　星期一　16：00　　　南纬43′23″　　东经148′02″

　　已经过了塔斯曼岛。不错的开始。海面颠簸，船也颠簸。很高兴大家都来为我送别，除了那个骑着水上摩托的家伙，他靠得太近，差点撞上我的船舷。幸好，他没撞到，所以船还完好无损。回头看见你们冲着我挥手，我就忍不住想哭，所以过了一会儿我就停止挥手了，并不是因为我不友好，外公。每当我抬起头看着船帆，看着上面的"斯塔夫罗斯造船厂"标志，就会想到您。希望时不时能在梦中见到你们，前提是我能有机会睡觉，这似乎可能性不大。

　　就像我跟妈妈说的那样，只要有机会，我就会给她写邮件，让你知道我到了哪里，情况怎么样，船的状况如何，天气是好是坏，你也多给我写信吧，拜托了。

　　我已经开始喜欢上这件事了，我指的是写电子邮件。在航行途中，我常常跟自己说话，因为能听见人的声音，任何人的声音，都能让我更安心，能让人感觉到仿佛身边还有别人为伴，我知道这样有点傻。所以说这些邮件像是在说话。我还常常唱歌，不过唱歌这部分我还是留给自己吧。所以你只能想象，我站在甲板上声嘶力竭地大声唱着惠特尼·休斯顿的歌。我发现自己此刻正坐在驾驶室里哼着《伦敦大桥垮下来》，就像爸爸以前一样。我带着爸爸的那些CD，有路易·阿姆斯特朗，鲍勃·迪伦，披头士乐队，还有巴迪·霍利。我现在正播放着《多么美好的世界》，这是我们一起出海的时候，爸爸最喜欢放的音乐。我也带了一些我喜欢的，酷玩乐队、红辣椒乐队，还有一些其他的。带不了多少CD，没地方放。舱里各种破烂堆得高高的，可怜的我都快没地方待了，感觉自己像是一个小小的罐头里面的一条大大的沙丁鱼。不过，接下来的几个月，这里仍然是我的家，所以最好还是赶紧适应。只希望电脑能正常运作，很多事情还得靠它呢，这要取决于发电机了。涡轮机现在以每小时六海里的速度运转着，能产生大量安培的电。大量安培＝正常运作的电脑＝快乐的我。

　　我想要感谢你们所有人，多亏了你们所做的一切，我才能走到现在这一步。"凯蒂四号"现在跟我一样在它喜欢的大海上，你们也别太为我担心。我脖子上挂着爸爸的幸运钥匙呢，所以我一定会安然无恙的。

现在风速是每小时三十海里。周围有许许多多的水母，我想它们也是来跟我告别的。我看见了第一只信天翁。现在我知道，爸爸就跟我在一起，他会一路陪伴着我。再会。

1月11日　星期二　20：00　　　南纬44′13″　东经151′12″

嗨，你们好。日安。我正要试着安顿下来。我都忘了"凯蒂四号"有多么不舒适了。难道亲爱的爸爸就没有意识到你不光得驾驶这艘船，还得住在上面吗？连晃动鼠标的空间都不够。大海让我几乎一整晚都醒着。她一刻都不肯闭嘴。一整夜都一直拍打着、撞击着。如果我起来，她就会不停地把我抛来抛去，一点也不体贴。我想，她只是要提醒我在这里谁说了算。过了一阵后我放弃了，来到了甲板上，喝了点热巧克力，味道不错，然后看着天上的星星，多得数不清。当天上的星星被点亮的时候，没有任何地方比夜晚的海上更美了。希望天上真的有天堂。我想到了爸爸。经常都会想到他。我想念他，而当我太想他的时候，就会跟他说话。又试着要睡一会儿，可还是睡不着。心情太激动了。经过这么多年的造船和计划，经过之前发生的一切，我还是不敢相信自己真的开始了这段旅程。我躺在那里，听着船的任何动静，注意着任何的吱嘎声。"凯蒂四号"一整晚都在跟我对话，告诉我它一切正常，我不需要担心。可我一旦开始担心，以后就无法停止了。并不是真的担心，只是脑子里不停地翻腾着，睡不着。

天气预报非常准确。北风风速为每小时五十海里。这么快就忘记了，真是好笑。忘了自己得多么忙了。有这么多的事情需要去想，需要去做，做完一件事之后，总会有更多的事情在等着。所以，我必须先停笔，去收起几扇船帆了……

我又回来了。晚上我又读了一点爸爸的故事，看到了一开始他在海上晕船的那段。我很幸运，不会晕船。我喜欢读他的故事，因为从字里行间都能听见他的声音。

"凯蒂四号"平稳顺利地航行着。波涛滚滚的海面并不利于航行，不过对"凯蒂四号"，对我来说，都不算问题。我的双腿仍在适应海面的颠簸。脚还不能很稳地抓地，总是不停地撞到头。我的右耳上有个大包。下一次我会抓紧点。海上有巨大的邮轮，真是丑陋的大怪物。又看见一只信天翁，我想还是之前的那一只。我想给它拍一张照片，可发现数码相机用不了。我在家里试那会儿还能用。我想在电子邮件里附一些照片，可现在没办法了。情绪相当低落，全身疼。多亏了这些邮件。是的，外公，我在吃着维生素。希望今晚能睡得好些。再见。艾丽。

1月13日　星期四　16：00　　南纬45′41″　东经
156′19″　风速每小时五海里

很高兴收到你们的邮件。我爱你们大家，也想念你们大家。
我一遍又一遍地读了你们的信。是的，妈妈，我的头没事，没有
脑震荡。是的，外公，我肯定会一直挂着希腊国旗的，就在上面
跟澳大利亚国旗挂在一起。"凯蒂四号"真是个杰作啊，这还要
感谢你们，感谢爸爸和多兹先生。它真是个奇迹。我没有什么可
教它的，都是它在教我。老实讲，一个人生活在这条船上要容易
得多。爸爸是世界上最好的水手，却是最不爱整洁的。而且，他
一直很讨厌我跟在他屁股后面打扫卫生。他说，他喜欢乱乱的，
这样才能知道东西都在那儿。所以我只能等他到甲板上去后，才
能赶紧把一切都打扫干净。听起来很熟悉吗？他就喜欢生活在
杂物堆里，可我不喜欢。不过话说回来，爸爸是个了不起的厨师
（从来不洗碗，却有梦幻般的厨艺）。他会独自承担做饭的任
务，而让我来驾船。好吧，其实就是任何菜都跟烤豆子搭配。不
过他做的面包是世界上最棒的，都是从妈妈你那里学来的，简直
是我尝过的最美味的面包。现在不能太为做饭这个问题苦恼。只

能打开一个罐头，任何罐头都行，狼吞虎咽吃下去，然后喝一杯
热巧克力。热巧克力，这就是我生活的动力。我坐在那里又冷又
潮湿，一口喝了下去。一个激灵把寒冷赶出了身体，瞬间从内到
外，从鼻尖到脚趾都暖和起来，一切寒冷都仿佛破裂成了碎片。

　　今天早上决定要在到达英国之前背下整首《古舟子咏》，我
想爸爸会很高兴的。现在已经背下第一节了，接下来就默写给你
们看。没有作弊，我保证：

　　他是一个年迈的水手，

　　从三个行人中他拦住一人，

　　凭你的白须和闪亮的眼睛，

　　请问你为何阻拦我的路程？

　　早些时候在甲板上感觉平稳舒适，阳光明媚。又看见那只信
天翁了，还是之前那一只，这次我可以确定了。它带了一些朋友
来看我。它在这里停留了一阵，看上去它挺喜欢我，它的朋友们
也是。它靠得如此近，我们甚至能直视对方的眼睛。我脑子里一
直想着，也许是爸爸在帮我留心着四周，就像他曾经一直期盼的
那样，跟我一同进行着这趟旅程。几分钟前当它飞走的时候，我
开始想念它，整个大海看起来都如此空旷，如此危机四伏。从我

出发以来，这是第一次感到了孤独。

海浪高过了十米。风速一直在每小时三十至四十海里。天旋地转，要升起三角帆并不是件容易的事。总是要到甲板上换船帆，这已经是今天第五次了。每换一次都累得我精疲力竭。当我身体疲倦时，就会犯错误。上一次犯错误的时候，我把指关节的皮肤都磨掉了。太傻了。在这种环境下，哪怕是一个小小的伤口都很难愈合。我已经有两个巨大的水泡了。如果不好好护理就会化脓，而化脓可不是什么好事，会引起各种问题。

大风后，船舱里一片狼藉。我仿佛能听见爸爸在耳边说：艾丽，你得学会预知不可预见的事呀。我已经尽自己所能了，爸爸。到斯图尔特岛和新西兰还有一半路程，喝杯热巧克力庆祝一下。听听酷玩乐队的歌。我的精神又振奋起来，不知是热巧克力还是音乐的作用。有凯蒂的消息了吗？假如我们能找到她，那该有多好呀。爱你。艾丽。

第四节　暴风雨来临了

1月15日　星期六　17：00　　　南纬46′50″　东经162′49″

　　昨晚遭遇了最大的暴风雨，是我见过最厉害的一次。风速超过每小时八十海里，浪高超过十米，不过自动控制系统挽救了我们，就像爸爸曾经说的，易如反掌。不能说我有多么喜欢这种状况，不过"凯蒂四号"大步流星地冲出了风浪，它是为了乘风破浪而生的。在船舱里坐下来，风在四周咆哮着，我又学着背了《古舟子咏》的一个小节，现在看都不看就能背出前十一个小节了：

　　这时大海上刮起了风暴，

　　它来势凶猛更叫人胆寒；

　　它张开飞翅追击着船只，

不停地把我们向南驱赶。

坐在这里一遍又一遍地说这个似乎有点奇怪，有点可笑。不过我得大声喊出来，才能听见我自己的声音。这能帮我打发时间，让我保持好心情，让我不要一直想着下一次狂风巨浪什么时候会来。暴风雨是如此的"来势凶猛叫人胆寒"，那个叫柯勒律治的人说得真没错。

现在好些了，海浪仍旧汹涌，不过已比昨天晚上好多了。

时速是每小时五至八海里，也就是说，我们已经航行了七百英里。耶！太棒了！好样的"凯蒂四号"，好样的艾丽！了解到"凯蒂四号"能很好地掌控自己，我很安心，感觉它能适应任何环境。我一直都对它很有信心，不过昨晚它真的证明了自己的实力。它是如此的勇敢，如此的聪明，能够跟它一同经历这次旅程，我是何等的幸运。幸运，幸运，幸运。

今天周围有很多鸟，最棒的时候，我的那只信天翁也在。我想它只是来确认在风暴后，我们是否安好。它真的是百鸟之王。它的双翼展开有三米宽，真是宏伟、雄健，用我发明的更好的词来说，就是伟健，新造的词更好，含义更深更广。也许这是第一次有人写出这样的词。我喜欢这样，尝试新的事物，比如去别人从未去过的地方。在海上，你总是不断地去往从未有人涉足之地。我的意思是，你翻过的每一波海浪都是独一无二的，都是新的发现，从未有人见过。你会看见从未有人见过的云和鸟。当然，其他水手也曾看见过信天翁，可不是在此时此地，不是我所见的这样。很难用言语来表达我的感受，只是想说之所以在海上如此美妙，就在于之前从没有人到过这里，而我是第一个发现这里的人。总之，这就是我的感觉。我就是喜欢这感觉，让我觉得很好，觉得活着是如此的幸运。

你应该看看我那只信天翁，它不会飞，因为它不需要飞，只要找到一股气流然后乘着它飘浮在空中，你就看不见它的脚，它们都收缩在它的身子下面。它周围有数百只小鸟，我想我认出了其中的几只，好像是小海燕。爸爸比我更懂鸟类，他认识所有的鸟，而且非常了解它们。它们俯冲着，仿佛在炫耀一般，翅膀的末端刚刚好从水面掠过。它们是如此的敏捷，现在，已经盘旋着飞走了。太棒了。

暴风雨过后，我跟"凯蒂四号"都在晾干。整个都浸透了，泡涨了，无论是在船舱里还是甲板上，没有一处是干的。不是我想抱怨，只是我在不停地滴水。

收到报告说南边一点有冰山，得小心点，相当小心。冰山让我紧张得晕头转向。这意味着，接下来我还有许多寒冷的不眠之夜要在值班中度过。希望自动控制系统能自动避开冰山。我有一天要发明出一种能够发现危险的自动控制系统。很简单，没有问题，会让我一夜暴富的。很酷吧？就叫做斯塔夫罗斯自动控制系统，行吗，外公？

2005年1月16日　星期天　16：41

外公，听说你感冒了，我很难过。你总是不停地叮嘱我服用维生素，可你自己感冒了。要注意保暖，好好照顾自己，答应我好吗？

现在起雾了，还下着雨，所以我一直开着灯。虽然冰山看不见我的灯，不过别的船能看见。唯一能做的就是注意听着声音，然后祈祷不要撞上别的船。我告诉自己不要太担心，这里虽然水多，船却非常少。不过还是忍不住去想，它一直让我悬着心。钓了一会儿鱼，不过没有任何收获。现在距离斯图尔特岛南边的斯内尔斯还有八十二英里。我给自己做了一顿大餐，因为这里实在是太痛苦了，我得让自己觉得好受点儿。没有鱼，那就是烤豆子（当然有这个）、香肠、鸡蛋，还有，还有，还有两杯热巧克力。感觉好多了。雾气散去了一些，我也可以听听爸爸的披头士乐队的CD了，播放的是他最喜欢的歌——开始了——我想着这

197

首歌能把阳光吸引出来。很棒的歌,不过仍然看不到出太阳的迹象。读了一点爸爸的故事。他跟马蒂和梅格斯阿姨生活在一起的那段最快乐的时光的部分是我最喜欢的。也挺喜欢叫做"亨利那糟糕的帽子洞"的那一段关于袋熊的故事,总是让我发笑。

今天没看见信天翁。也许是在茫茫大雾中找不到它们了。我想我看见了一只海豚,靠船非常近,不过不太确定。雾气中的大海显得非常寂静。即便是海浪都仿佛在低声耳语。不能在船舱底下待太久,这样太冒险了,得小心一点。得继续小心听着周围的动静,非常累人,想睡觉,不过不能睡。得停笔了。想你们大家,想你,爱你。艾丽。附:有凯蒂的消息吗?

1月17日　星期一　10:15　　　南纬41′57″　东经167′31″

雾气已经散开了,不过心情有点低落。睡眠远远不够。昨天一整晚都在值班,又想到了爸爸,我是指想着他现在跟我在一起。也许是因为读了他的故事,我想起了发生在他身上那些伤心的事,所以才心情不好。我不应该难过,因为我知道他也有过开心的时候,尤其是他人生最美好的那些时光,跟你和我在一起的那些日子。可我就是控制不住,不停地想着他有多么想要跟我一起完成这趟旅程，想着他为了这艘船亲手付出了多少劳动。也许是因为我一直都习惯于跟他一起待在"凯蒂四号"上，也许我只是在想象而已，不过我并不这么认为。我只觉得他整晚都陪伴着我。我甚至觉得听到他在哼唱着《伦敦大桥》。我想，也许告诉你这些会帮助我理解这一切。不过到现在为止还没起什么作用。妈妈，我真的相信他仍然在"凯蒂四号"上，仍然跟我在一起，就好像我们真的就像之前一起计划的那样在共同经历这次旅行。可是还不止这些。我需要相信这一点。我想我唯一能够到达英国的办法，就是相信爸爸是跟我在一起的。同时，我还得阻止自己为他而感到悲伤，不要让自己那么想念他。所以我不能再读他的故事了。我不会再去回想过去的事。只是专注在这里，专注于当下发生的事。这是唯一的办法。我没有发疯，妈妈，我保证。我们会成功的。我和爸爸，还有"凯蒂四号"，我们会成功的。不用担心。爱你的艾丽。

1月18日　星期二　12：50　　　南纬47′31″　东经170′36″

你好，妈妈，你好，外公。感觉好多了。不再悲伤了。睡得相当好，一点也不想起床。一直都是这样。让我告诉你原因吧。

1. 不想去甲板上，因为一探出头就会立刻弄湿了。

2. 总是能闻出臭袜子在哪儿，永远也不想再靠近它们。

3. 靴子永远都在脱下它们的地方等着你。它们会说：穿上吧，你会感觉又湿又冷，非常舒服的，哼哼。

一旦你穿上了靴子，穿上了湿淋淋的雨具以后，一切都无所谓了。浑身凉透了。我冲了一杯热巧克力，好让自己全身都暖和起来。突然间，我上到驾驶室，远离了袜子、柴油和潮味混合起来的臭味，大海在船的四周上下起伏着，这里真是世界上最棒的地方。而且今天早上，你猜怎么了，我的信天翁回来了。它就在那里等着我。还有，还有，还有它带来了海豚，几十只海豚在我的周围舞动跳跃着。一辈子都没这么开心过。你那次怎么说我来着，妈妈？喜怒无常？我？好吧，你说得没错。海浪起起伏伏——我喜怒无常有什么不可以呀？甚至连我的水泡都好多了。非常爱你的艾丽。

第五节　勉强活着

1月22日　星期六　18:30　　　新西兰达尼丁

你好，妈妈，你好，外公。对不起，对不起，抱歉这么久没跟你们联系。这阵子仅仅是要活下来，都已经让我自顾不暇了。不能说我没有提前警惕。气象预报的情况史无前例的糟糕，所以我知道暴风雨即将到来。问题在于，我无法避开它。换了艾伦·麦克阿瑟的话，她就能绕过它、避开它，或者是赶在它到来之前通过。她有速度，我没有。"凯蒂四号"没有很快的速度，不过它有勇气。警告我的不只是气象预报，还有我的那只信天翁。我没开玩笑。暴风雨来临之前的两天，它一直跟我们在一起。它就是在告诉我们暴风雨要来了，我敢肯定。它只是悬浮在空中俯视着我们。它从来没有靠这么近，或者停留这么长的时间。

暴风雨来得很突然，带来了每小时五十至六十海里的暴风，还有巨大的蓝色海浪，浪高到你不用探头都能看见。海水的蓝色如此的深，让人目眩。暴风雨到来之前的那一刻，我正在换船帆，身上挂着保险绳，谢天谢地。你知道在听见响雷之前，能够感受到它就在附近，就好像天空在撕裂之前深深地吸了一口气一样。就是这种感觉。当时四周有一种奇怪的安静和沉寂。就好像大海在等待着暴风雨的到来。接着我抬起头，看见一面至少十五米高的水墙正从我头顶上压来，而我的信天翁从浪头上掠过，仿佛在告诉我要挺住。于是我努力挺住了。"凯蒂四号"被掀翻了，翻转了一百四十度。桅杆都浸到了水里。我以为这就算完了，它一定会继续翻滚，然后四脚朝天无计可施，就这样完蛋了。我以为到这儿就算完了。可它并没有就这样结束。它侧躺了一小会儿，好像在小憩片刻，接着一下子又翻转回来，就好像小时候我家浴盆里那只"凯蒂"号一样。一切都在不停地碰撞着，我也像个湿布娃娃一样被抛来抛去。我全身上下都淤青了，不过骨头没事，而且只要还活着，一点点淤青又算得了什么。

而这只是个开始而已。接着一直持续了近三十小时。到暴风雨过去的时候，"凯蒂四号"已经严重受损，它的状况比我要严重得多，妈妈，外公，这也是为什么我现在在达尼丁的原因。我不得不把"凯蒂四号"送去维修。首先，装在桅杆顶上的灯需要把水排干。需要换一套新的操纵缆，因为它们已经磨损很严重。

我不能没有自动驾驶设备。它是我在海浪中的魔法探路人，就像我最好的朋友一样，得照顾好它。还有一扇主帆被撕破了，也需要修补。某种程度上，我很庆幸我的船被打翻了，很庆幸我不得不到达尼丁来。给我上了一课。这样我有了一个机会可以重新整理，把周围胡乱飞舞着的东西都绑好。我以为我之前就做好了这项工作，可还是让这次暴风雨查出了问题。这不会是这次旅程中最后一次被打翻，希望下一次能作好更充分的准备。

不管怎样，我都需要采购一些物资了，多买些膏药和抗菌霜。烤豆子和热巧克力也已经不多了。达尼丁的人们都非常友好，也非常乐于助人。新闻界的很多人来看我，所以我得在"凯蒂四号"旁边摆很多造型，也许你们能在报纸上看见一些。别担心，外公，我确保自己戴着有"斯塔夫罗斯造船厂"标志的帽子。这次以后，你的船会在达尼丁甚至整个新西兰都十分畅销的。你猜怎么着，我在这里的时间都有免费的住宿和早餐，这是镇上的馈赠。这不是太棒了吗？

同一天　20：15

刚才跟你们在电话里通话了，能听到你们的声音真好，不过我哭了。妈妈，就像我说的，别担心，我向你保证，如果感觉这艘船经受不住的话，我就不会继续这趟旅程。它现在好好的。它没法很快地到达英国，不过一路这样从水里钻出来，最后总会抵达的。它是世界上最好的不倒船。我也很好，像我之前告诉你的，那些淤青虽然说看起来挺触目惊心的，但已经不那么疼了。我的肋骨上五颜六色的，跟彩虹一样。太壮观了。在柔软温暖的床上好好地睡了几觉，还好好地泡了几次澡。我在尽可能地多积攒热度。就像骆驼在穿越沙漠之前尽可能地多喝水一样，我会需要这些热度的，我很确定。我的情况基本上在电话里都已经告诉你了，现在必须跟你说说我的信天翁。

昨天晚上看见它了，只不过是在我的梦里。我还梦到了爸爸。梦的大部分内容都记不清了，我一直都不大能记得自己做过的梦。不过我记得，梦里爸爸和那只信天翁融为了一体。他们中不知道是哪一个在唱着《伦敦大桥垮下来》，你说奇不奇怪？

一切都很好，很快就要再出发了。天气状况看起来有些好转，这样就好。也是时候了。我想要轻松愉快地航行。哦，对了，我现在能背下来超过二十小节的《古舟子咏》了。对自己非常满意。我到这里以后，每天洗澡的时候都会背上几小节。我想，我直到现在才理解了为什么爸爸那么喜欢这首诗。我躺在浴盆里，一遍又一遍地重复着这些诗句：

上帝保佑你吧，老水手！

别让魔鬼把你缠住身！——

你怎么了？——是我用弓箭，

射死了那头信天翁。

这是第二十小节，悲伤而优美。等我到达英国的时候，一定能将整首诗一字不差地背下来。我保证。艾丽。

附：还是没有凯蒂的消息吗？不要放弃希望，迟早会有好消息的。

1月29日　星期六　10：02　　　南纬48′12″　　东经173′45″

时速六海里。收起了主帆，在明媚的阳光下向南行驶。维修过的地方都保持得不错，这是好消息。一切状况良好，因为我的信天翁回来了。好像我在达尼丁期间，它一直在这里等着我。在周围也看见了许多别的信天翁，可它们只是在去某处的路上经过这里而已。它是唯一停留在附近的，它就是我的守护天使。现在我有了爸爸的幸运钥匙，还有了一个守护天使。我被照顾得很好，妈妈。我不停地朝它扔一些面包屑，因为我真的希望它能留下来。问题在于，一旦我朝它扔食物，它的那些同伴就会飞回来抢走食物。我决定从现在起要多钓鱼了，从来没跟爸爸一起钓过，他不喜欢。吃罐头要简单多了。况且我喜欢吃鱼，富含蛋白质，对我很有好处，让我保持强壮。我不喜欢杀鱼，不过的确很喜欢吃它们。所以我一旦有机会，就会放下一条挂了饵的线。我迟早会走运钓到鱼的。

1月30日　星期天　11：22　　　南纬49′02″　东经175′38″

又起雾了。除了周围的一小片海和我的信天翁之外，什么也看不见。信天翁像鬼魂一样在雾气中飞进飞出，不过是个受欢迎的鬼魂。速度不到每小时两海里，还不够让涡轮机为电池充电的，阳光太弱，太阳能板也起不了多大作用。我需要最低每小时四海里的速度才能让一切保持运作，前提是还得关掉手提电脑和仪器。我不能用柴油机把船开出大雾，也不能再继续用电脑了，所以我得把电脑关了。再见，妈妈，再见，外公。艾丽。

2月2日　星期三　07：35　　　南纬49′52″　　东经173′54″

　　从达尼丁出发已经走了七百五十六英里了。岛屿在我们身后，前方是合恩角，还有很长的路要走。我不是在担心，妈妈，只是在想着，要让自己作好准备。海水淡化器运作状况不太好。水喝起来有点咸，不过除此之外没什么需要担心的，衣服有一点点难闻。很庆幸"凯蒂四号"上只有我一个人。得尽快把我自己和衣服都洗洗了，这件事耽误很久了。

　　时速有时能达到七海里，平均在四点五海里。所以我现在状况不错。我以为我的信天翁昨天抛弃了我，可它没有。它现在就在空中呢，用它那宽大的翅膀把风往我们的船帆里送。它来去都按自己的意愿。我感觉自己被接纳了，南太平洋上这么多船只，它唯独选择了我们。它好像也挺喜欢我对着它唱歌，每当我唱歌的时候，它都会飞得更近些。我已经给它唱过惠特尼·休斯顿了，还有我会唱的披头士乐队所有的歌，爸爸把他们大部分的歌都教给我了，把会唱的歌全都唱完以后，我就开始用口哨吹《伦敦大桥垮下来》。它好像最喜欢这首。还是没钓到鱼，不过我会继续尝试的。海里肯定有数百万的鱼，它们全都故意无视我，这是怎么回事？它们对我有什么不满吗？我的臭衣服？我的歌声？我觉得昨天看见了一头鲸鱼的背。太大了，应该不会是海豚。我兴奋极了，即便真的是鲸鱼，它也没再现身过。希望它不要咬我的饵，它并不是我想要抓的那种鱼，它太大了。航海就应该像现在这样，我们随波舞动着朝合恩角驶去。

我现在对凯蒂这个人有着很深的疑虑，就像爸爸当初那样，也许他的确是编造出了这个人。我真的宁愿相信他没有。我一直都努力让自己存有希望，可这非常困难。一路漫长跋涉到了英国，却发现根本就没有凯蒂这个人，岂不是太悲哀了吗？无论对爸爸还是对我来说都是太悲哀了。要乐观一点。要作最好的打算。当我想到最佳的结果时，我就开始想，当我跟凯蒂见面的时候要跟她说些什么。我等不及要看她听到我告诉她我是谁的时候，她脸上的表情了。能够认识爸爸那一方的亲人意义太重大了。你们这一边的亲戚太多了，外公，无意冒犯。不过我们需要有点平衡。你知道，我只有二分之一的希腊血统。虽然我知道你不想听到这个，可我还是得说，跟羊奶酪相比，我一直都更喜欢切达奶酪！现在你知道了，你会永远恨我的。我爱你，外公。爱你们的艾丽。

第六节 哎哦，小鱼别哭，别哭

　　爸爸以前很喜欢看斯宾塞·特雷西的黑白老电影，每一部都喜欢。只要电视上播放的时候我们就会看。其中有一部他尤其喜欢，名字叫做《怒海余生》。特雷西饰演了一个捕鲸船上的老渔夫。他照顾着一个被宠坏的男孩，教他明事理、辨是非。他给男孩唱一首老渔歌，我很喜欢这首歌。这是首很容易上口的歌。以前无论是跟爸爸一起在船上的时候，还是在家里的浴盆里，只要我心情好的时候就总是不停地唱这首歌。此时此刻，我在南太平洋上，乘着"凯蒂四号"在去往合恩角的途中，在捕杀我的第一条鱼（我从来都不喜欢这个部分），眼泪顺着脸颊滑下来，嘴里唱着斯宾塞·特雷西的渔歌："哎哦，小鱼别哭，别哭。哎哦，小鱼别哭。"

　　我无法把钓到的第一条鱼当做盘中餐，于是把它扔给了我的信天翁，它一直看着我，好像就等着我扔给它。它完全没有客气，而是一头扎进海里把鱼吞了下去。虽然没有舔嘴唇，不过它坐在海里等着我扔给它更多的鱼，样子看上去相当的满足。当我钓到第二条鱼后，我就留给自己吃了，虽然说我的信天翁看上去好像很受伤。不过我还是把鱼头扔给了它，它兴高采烈地咽了下去。

后来每钓到一条鱼，我的信天翁看上去都满怀期待，所以我总是把鱼头扔给它。渐渐地，我对给鱼开膛剔骨不再感到那么恶心了，烹鱼技术也越来越纯熟。实际上，我慢慢开始享受从看见渔线紧绷到鱼肉入口这整个过程。现在除非是下暴风雨，我都会一直在船尾放着一条渔线。

生活在"凯蒂四号"上，日常的例行公事很重要，它使我能够保持良好的精神状态。对甲板上一切的例行检查，包括对升降索和方向索的常规性调节。如果天气允许，还有常规餐和热餐。在海上，一切都要依天气行事，所以驾船是首要任务。不过我尽力要过正常一些的生活，尽力不让大海去决定我如何度过每天的时间。我学我的《古舟子咏》，写我的邮件，打扫船舱，播放CD。我还把需要修理的东西都修理了，船上总是有需要修理的东西。我把麻烦的海水淡化器塞进了空着的隔层里，把需要粘住的东西都用万能胶粘上了。我还洗衣服，但不经常洗，还把它挂起来晾干。我也尽可能让自己保持干净，一开始的时候我并没在意这个，但随着在海上的时间越来越久，这也变得愈加重要。所以一有机会我就会洗澡，每次洗完后我都会感觉好很多。在晴朗的夜晚，即便是风再大，我也会端着我的热巧克力到驾驶室里看星星。我也会在那里唱歌，从《伦敦大桥垮下来》到《哎哦小鱼》再到《黄色潜水艇》。

就是在这样一个夜晚，我第一次看见了它。那时我正坐在驾驶室里凝望着夜空中的繁星，想着家里的外公此时此刻是不是也坐在他的望远镜前跟我做着同样的事，回想着他有多么喜欢跟我讲每颗星星的名字，回想他是怎样教我使用他的望远镜的。我正想着，突然看见一颗流星从头顶划过，比一般的流星要更低、更亮、更慢。我十分惊奇地看着那道光在空中划出一道弧线，心里已经很清楚这不可能是流星，而应该是某种卫星。我立刻下到船舱里给家里发了邮件，想看看外公是否知道那是什么。直到现在，我从来没有收到过一封直接来自外公的邮件，全都是妈妈发来的。可是第二天早上，他亲自给我回了一封邮件："我查过了。应该是ISS，就是国际空间站。"

过了几天，我又看见了它，这次更亮、更近了，我开始想：空间站里的那些宇航员，现在离我比离地球上的其他任何人都要近。我在天空下的海上航行，而他们在海上的天空中航行。我在猜，有了那些高科技的设备，他们能不能看得见我呢。我想要挥手。于是，我站在驾驶室里又是挥手又是呼喊，直到手臂酸了，嗓子也哑了。我兴奋极了，非常高兴能看见他们。就在那时，我突然想到要跟他们联络。这该有多棒啊，跟他们用电子邮件交流，甚至还能打电话，这样的话，他们在空中经过的时候，我们就能实实在在进行对话了。我给外公发了封邮件。一开始这只是我的一个疯狂的念头，一个可爱的梦。外公给我回信说："没问题，交给我了。"我以为他是在开玩笑。毕竟我还得开船呢。

还有一千英里才能到达合恩角。我已经到了南纬五十七度附近。船的南边一点有冰，而且还不少。这里的寒冷是刻骨铭心的那种，能深入五脏六腑。手脚都麻木了，当我时不时地不小心割伤自己的时候，我常常毫无知觉。我的耳朵和鼻子都冻得发疼。我常常把袜子和手套放在水壶上加热，问题在于，它们的热度远远不足以温暖我的手指和脚趾的冰冷。所以热度总是很快就消失了。我从未体验过这样的寒冷。我会尽一切可能待在我在船舱里，为自己打造的一个小温室。可总是又不得不回到甲板上，而且在舱里越温暖舒适，回到甲板上时的那种袭人的寒气就越强。

现在天气太恶劣，不适合钓鱼，而且也太冷，不过我的信天翁通常还是会来找我。它时不时会离开一两天，可我知道它一定会再回来的，事实也的确如此。我相信它会一直陪着我，看着我安全驶过合恩角。我也知道，而且很确定这其中的原因，不过我没有再在邮件中提到它，因为我怕妈妈难过，也因为我知道我的想法听起来好像有些疯狂。可我很清楚自己并没有发疯，这并不是我的幻觉。我现在很确定，一直在"凯蒂四号"上空盘旋的就是爸爸的灵魂。它是一只信天翁，这毫无疑问，但它也是我的爸爸。

我正在一个完全不同的世界中航行，这是我去过的最荒凉的地方。我时刻能感受到周围汹涌的波涛。在南纬六十度合恩角和南极半岛之间没有可以阻断海浪的陆地，气势磅礴的海浪可以毫无阻力地奔行数百英里，我常常在邮件里使用"了不起的"这个词，这样形容的确恰如其分。我知道"凯蒂四号"能应付得了这些海浪，可我也知道不能把什么事都扔给它。我得当心那些回头浪，尤其是那些中空的浪，它们看上去仿佛要将你吞噬掉一样。在这样的海上，在这样的天气里，睡觉几乎是不可能的事。狂风一直在呼啸着。有一种持续的重击声。我靠在船舷上，听着船的声音，想要分辨出它究竟只是在抱怨，还是在告诉我船真的有什么问题了。它也跟我一样，觉得现在处境艰难，我们都在经受着前所未有的考验。

我连续几小时都待在船舱下面。舱里的空间很狭小，不过能让我感到温暖安全。我的床铺装得很牢固，这是必需的，因为从床上摔下来既痛苦又危险。不过床并不舒适。我躺在床上，周围堆满了我赖以生存的东西：药箱、发电机、炉子、航海图、年历、六分仪、电脑、各种备件、安全带，救生背心和船帆，这些东西告诉我，"凯蒂四号"能够让我闯过难关。当我来到甲板上时，我的信天翁也在告诉我同样的事。在海上是很可怕的，有时甚至让人害怕得心脏狂跳，可我一次也没认为我们无法成功。每当我希望有人陪伴时，就会唱歌给自己听或者听CD，或者是给家里写邮件。在我的信件里，我有时候试着要掩饰自己的恐惧。没有意义也没有必要让妈妈和外公担心。我想，可以告诉他们一些实情，不过没必要一五一十都跟他们说。

因为手指开始肿胀，我发现用键盘都很迟钝了。我感觉不到手指，它们看起来像是一串白色的香蕉。我已经尽最大的努力照料好我的手指了，还用羊毛脂涂抹在手上，可还是裂口子了，仅剩的指甲边上的皮也都裂开了。我的双手看上去惨不忍睹，不过我不在乎。我只希望它们还有功能，能够执行我的命令，比如打绳结、拽绳子和发邮件。

我永远不会忘记那个早晨，我终于在手提电脑屏幕上看见了合恩角。在离开家之前，我看过一部叫做《怒海争锋》的电影，见识了那艘军舰是怎样穿越合恩角的狂风巨浪的。光是在霍巴特的电影院里，坐在爸爸旁边舒服的坐椅上看就已经够吓人了。很快我自己也要经过合恩角了，这次是自己亲身体验了，不过爸爸

London bridge is falling down,
            falling down,
            falling down.
London bridge is falling down,
            my fair lady.

仍旧陪伴在我身边。他就在他为我建造的船里，就在守护我的信天翁身上，也在我的心里。我拿出那本《古舟子咏》，它现在对我来说犹如《圣经》一样。每当我大声诵读一次，它就能给我新的决心和新的勇气。

> 这儿是冰雪，那儿是冰雪，
>
> 到处都是冰雪茫茫；
>
> 冰雪在怒吼，冰雪在咆哮，
>
> 像人昏厥时听到隆隆巨响！

> 终于飞来了一只信天翁，
>
> 它穿过海上弥漫的云雾，
>
> 仿佛它也是一个基督徒，
>
> 我们以上帝的名义向它欢呼。

每当我读出这些诗句，我就感觉自己仿佛就活在诗歌中，好像这首诗就是写给我和爸爸的，就是写给此时此刻，在三月九日正在接近合恩角的我们的。

第七节　在合恩角附近，还有海豚

3月9日　20：05　　　南纬55′47″　　西经74′06″

　　亲爱的妈妈，亲爱的外公，亲爱的大家。这里感觉真的是地球的底部。天空是黑色的，空中是瓢泼大雨和咆哮的狂风。这地方可不是好玩的，我可不想在这里久留，不过"凯蒂四号"看起来仿佛无所谓，它只是随着风浪跳跃着，双桅上升起了风暴舶三角帆，时速每小时六海里，乘着每一个海浪，仿佛它们只是小小的涟漪。假如它是艘会说话的船（这大概是它唯一不会的事了），那么它一定会对着这些海浪大喊，尽管来吧，来更多的浪，看我怕不怕你，你以为你能打败我吗？想也别想！你该看看它对着呐喊的那些浪，从上到下足有十五米高，当你从浪底抬头看的时候，它们仿佛有五十米高。而且这些浪还很长，这就是它们的特别之处。它们从全世界奔涌而来，不断地升高，只为了在这里与我们相遇，它们是不是很友好，很和蔼？我敢肯定，足有两百米长。了不起、雄伟、壮丽、令人惊叹、使人兴奋、势不可当（我的形容词都用光了，只好停下来）。它们是海浪怪兽，当有人想冲破它们时，它们就好像源源不断的雪崩一样，而"凯蒂四号"仿佛踩着滑雪板一般从中间破浪而出，周围巨浪翻腾，空中飘着水沫。这是多么有魅力，多么的壮观。本来会很可怕，可我并没觉得。我太兴奋而不觉得害怕，并且有太多的事要去想，太多的事要去做。外公，也许我太有克里特人的风范，所以才无所畏惧吧！

此外，我一直觉得每一个浪都让我离合恩角越来越近。我感觉它就在眼前，只剩下二百三十英里的距离，你能相信吗？如果一切顺利的话，我们礼拜五就能经过合恩角。很奇怪，我丝毫也不觉得担心。也许是因为我的信天翁还在头顶的天空中，还在陪伴着我。它盘旋在船舷上，仿佛在引导我，为我指引方向。风似乎丝毫不会影响它。我的意思是，为什么它不会被风吹走？它是怎么做到的？它看上去就像在与风玩耍，与风嬉戏、逗趣。它不仅仅是百鸟之王，更是风的主人。在黑云的衬托下，它显出前所未见的白，就像一位纯洁的天使，一位守护天使。我知道自己一直反复地说着这样的话，这确实就是我眼里的它。晚餐时，我把剩下的最后一点香肠和烤豆子吃掉了。得省着点热巧克力了，一不小心就会喝完了。有一个小问题，我的小拇指被缠在绳子里了，我觉得小拇指好像断了，所以把它绑了起来。好在大多数时候感觉不到疼。妈妈，我知道你在说什么，是的，我会小心点的。还有九根手指呢，所以别担心了，我正乐在其中呢。爱你，艾丽。

3月11日　18:25　　南纬56′00″　西经67′15″

成功，成功，成功！耶！我们正绕过合恩角，周围还有海豚，当然还有我的信天翁。我会告诉你这里的情况。我知道合恩角近在咫尺，可我看不见它。在过去的四小时里，每翻过一个浪头，我都在寻找它的身影，可就是看不见它。所以我得时不时回到船舱里查看电脑。电脑屏幕始终能看见合恩角，可每当我又回到驾驶室里时，它还是不在地图上的相应位置上。实在是令人沮丧。"凯蒂四号"好像不愿意在浪尖上多停留一会儿，好让我有足够的时间第一次瞥见陆地。接着，我看见了。我大声呐喊着，吼叫着，欢唱着，舞蹈着，好吧，勉强算是舞蹈，驾驶舱里没有足够的空间让我舞动。我的信天翁从船上方俯冲下来，从我头上掠过时几乎快要碰到我了。然后它又冲上云霄，朝着合恩角飞去，我想它是去一睹为快而已，它会回来的。

妈妈、外公，我一直都梦想着这一刻，从我第一次读到它，也或许是爸爸先跟我讲到它的，记不清了。而现在我自己在亲身经历着。我就在这里。"凯蒂四号"现在满桅满帆地前进着。周围没有风浪咆哮的声音。西风风速为每小时十五至二十海里。快到更换旗帜的时候了，从智利国旗换成阿根廷国旗。澳大利亚和希腊国旗始终都在船上挂着，外公，它们看上去有些受损残破了，就像我一样。不过它们仍旧在上面迎风拍打着，仿佛为我们的成功感到那么的开心，那么的骄傲。我也是，我也是，我是在快乐地拍打着。

合恩角上的岩石看起来一点也不友善，你一点也不会想靠近它们，当你能透过海上的浓雾看见它们时，就能看见那黑色的参差不齐的轮廓。天气灰暗、凄凉而又阴郁，我总是遇到这样的好天气。不难想象，这个地方在十级的狂风巨浪下会是什么样子。在我们下方的海床上，一定散落着那些遇难船只和那些不幸葬身大海的人的遗骸。大约半小时前，我坐在船上，一边想着那些失败的船和人，一边喝着热巧克力庆祝我的成功，有了热巧克力，谁还需要香槟？

我想我刚刚经历了一个永生难忘的时刻。我是多么希望你们，尤其是爸爸，能在我身边啊。我正坐在船上，看着合恩角，小口地抿着我最后的一点热巧克力时，看见了一抹夕阳的余晖穿透雾气点亮了合恩角。它和周围的海水都被染成了火焰的颜色。我一生从未见过如此美景。不介意告诉你们，我落了一点泪。为了能够身处此时此地而快乐，为了自己还活着，感激你们大家，感激合恩角让我们安然驶过，感谢我的信天翁一直不离不弃地陪伴着我，感谢亲爱的爸爸，有了他才有了现在这一切，也感谢所有在过去和现在一直陪伴着我的人。

我太热爱这个地方，几乎都不想离去，也不想这一刻就这样过去。可是生活中的各种片段总是会过去的，不是吗？就在我写下这些字句的同时，那难忘的一刻就已经离去了。再也不会回来了，而我也该准备离开了。

我将往北前往莱恩群岛，就在马尔维纳斯群岛的南边，大概有三百英里远。我会在马尔维纳斯群岛停留几天，好好地洗很多很久的热水澡，我做梦都一直在想着这件事，还要吃很多丰盛的早餐，在温暖干燥的床上睡上几晚。最近在洗衣服这个问题上有些松懈了，我把这归咎于天气，现在有整袋的衣服等着要洗。我敢保证，只要闻一下袋子里的味道就能要了你的命。所以我得把衣服都洗了。不用再每时每刻都摇来摇去、不停地撞到头可真好。很高兴又能看见人，很高兴可以保持干燥。而且妈妈，我也会遵照你的嘱咐去检查我的小拇指的。

几分钟之前上驾驶室去了一趟，我的信天翁已经完成它的考察从合恩角回来了。它浮在海面上，看它的眼神应该是又想吃鱼了。等我们转向北行驶以后，我会立刻又把渔线放下去，希望能钓到那么一两条鱼。这应该能让它高兴一阵了。那边的海水应该比较平静些，比较适合钓鱼。接着，我要到马尔维纳斯群岛上去休息一下。我现在需要休息。"凯蒂四号"也需要休息了。它需要好好清洗一下，船上附着了许多甲壳动物和软泥。虽然它浑身都是泥，可它成功地在六十天内从霍巴特到达了合恩角，世上再没别的像它一样的船了。要给它一个大大的吻，告诉它我爱它。把路易·阿姆斯特朗的CD放在播放器上，"多么美好的世界"，说得真没错。

同一天　21：15

刚刚收到了你们大家的祝贺，谢谢，谢谢，妈妈，我还收到了你发来的关于凯蒂的好消息，你说过总会有消息的，结果消息就真的来了，这多亏你一直没有放弃。太爱你了。这真是太不可思议，太美妙，太棒了！这样，我又有了一个从未谋面的亲人！而且凯蒂真的存在，是一个活生生的人，并不是爸爸想象出来的。跟那个发邮件告诉你这件事的人说，他是全世界最棒的教区牧师。等我到了英国，我要去伯蒙齐的圣詹姆斯教堂亲眼看看受洗记录，看看他们接受洗礼的地方。我一直在看你发给我的家谱，妈妈，我不敢相信！我有新的祖父母了！艾伦·霍布豪斯和西德尼·霍布豪斯。还有结婚证书，艾伦·巴克（纺织女工）和西德尼·霍布豪斯（修鞋匠）。我现在可以确信，爸爸曾经也是个婴儿。他以前只是个偶然事件，不是吗？而且凯蒂也是。妈妈，就像你说的，我们不能抱太大的希望。我们还是得找到凯蒂，当我们找到她时，有可能已经太晚，她可能已经去世了，但至少我们能够确信她是或者说曾经是一个真实存在的人，一个偶然事件，就像爸爸一样，像他一样真实。你能代我感谢那个教区牧师吗？谢谢他这样帮助我们，也告诉他等我到了伦敦之后，想要跟他见面。关于伯蒙齐爸爸也没有说错。那里离伦敦远吗？我亲爱的爸爸，他的记忆比他想象的要清楚得多，不是吗？这是我人生中最棒的一天，我成功转过了合恩角，而且还找到了一个新的亲人。这值得再来一杯，或者两杯热巧克力。我知道自己不该这样，因为我快要弹尽粮绝了。可谁在乎呢？艾丽。

　　送你无数个亲吻。

第八节　马克·托普斯基博士

　　回想起来，我应该在马尔维纳斯群岛多待上一阵子的。我之所以没有，是因为刚刚收到的关于凯蒂的好消息，让我急切地想要继续上路。毫无疑问，马尔维纳斯群岛是个荒凉而贫瘠的地方，这里的人们很坚强，他们必须如此。但他们非常友善。我的到来造成了不小的轰动。许多人都一直在网站上关注着我的行程，所以他们都知道我会到这里。我得到了许多帮助，而且在斯坦利港找到了一个住处，这对我来说就是家以外的家。贝茨太太就像一只快乐的鸡妈妈刚刚找到了一只小鸡宝宝一样关爱着我。我洗到了向往已久的热水澡，还有早餐。我接受了几次采访，不过在那之后，她就确保我可以安心休息，不被打扰。

　　"凯蒂四号"也得到了悉心照料。不到一个星期，它就又干净整洁了，没有一丝泥垢，所有附着在船上的甲壳动物也都不见了。它已经准备就绪，可以出发了。太阳能电池板也修理好了，它一直给我带来不少麻烦。"凯蒂四号"已经注满了柴油，我去英国需要的给养也已经全部装上船，包括大量我想要的热巧克力！我只需要等待合适的风和浪。不过，一阵大陆风连续刮了好几天，显然这在马尔维纳斯群岛是很常见的。所以我无法离开。如果我强行出航的话，就会撞毁在防波堤上。

在我等待期间，贝茨太太提出要带着我转转这座岛。于是我们开着她的莫里斯小调，一路颠簸着穿过了小岛。她带着我参观了整个岛，还跟我说了她的女儿，她女儿已经离开岛上，去了新西兰，而且现在已经有了宝宝，可现在她根本见不到她的小外孙。我也跟她聊了一点爸爸的事。她已经从报纸上了解了一点他的事情，还硬要我背诵《古舟子咏》来证明我真的会背。我猜她已经从网站上知道了这个。那时候，我已经能背下快四十个小节了，所以她走运了。我们看见了企鹅，还有绵羊，全部在寒风中挤在一起取暖。她还带我去了英国战争墓园，为我讲述了二十年前，当阿根廷入侵岛屿时发生的那场战争。看见那一座座坟墓让我心生难过。站在墓园里，风从头顶上刮过，我想到了爸爸和越南，想到了年轻的士兵们魂断他乡。"他们都是好孩子，"贝茨太太突然说，"可那些阿根廷士兵也一样都是好孩子。他们都有母亲。"

在马尔维纳斯群岛的最后一晚，我给她读了《古舟子咏》

的最后一部分，因为她说想知道故事的后来发生了什么。我读完的时候，她的眼里都是泪水。"看来某种程度上，这是个快乐的结局。"她说道。然后她直直地看着我，"我会非常想念你的，艾丽。我希望你的旅程也能有个快乐的结局，也希望你能找到凯蒂。你值得拥有一个美好的结局。"

她借给我电话，让我跟家里联系。她说我应该这样做，因为一个女儿应该要跟妈妈交谈，光有邮件是不够的。于是我跟妈妈和外公聊了十分钟，他们俩一直不停地抢着电话。我们笑着，哭着，所以也没能说多少话。外公一直提到一个"大大的惊喜"，可是现在还不肯告诉我是什么。当他快要说出来的时候，妈妈又会从他手里夺过电话，我能听见她在叮嘱他不能说，而且他已经保证过，直到他们确认之前不能告诉我。我很确信，我知道他们说的惊喜是什么。

"你们找到凯蒂了，对吧？"

"不，不是的，"妈妈说，"不过我们还在继续找。"

"那到底是什么惊喜呢？"我问道。

"没什么，没什么。"她跟我说。不过我知道一定是有什么事情。

第二天，我经历了一场声势浩大的送别。在道别的时候，贝茨太太给了我一个数码相机。"这是给你的临别礼物，亲爱的，因为你的已经不能用了，"她说，"但这个能用，我保证。"

这个相机的确能用，我用它拍的第一张照片就是贝茨太太站在防波堤上朝我挥手道别。我精神非常振奋。我又回到了"凯蒂四号"上。在贝茨太太家里，我享受到了家的所有温暖和舒适，不过我想念"凯蒂四号"，想念它的味道，想念大海在脚下的感觉。这里才是我真正的家。这才是我想去的地方，我知道我还有很长的日子才能到达英国，大概六十五天。然后我会去伦敦，去伯蒙齐的圣詹姆斯教堂，如果可能的话还要找到凯蒂。离开马尔维纳斯群岛的时候，我从没对这次征程的结果感到如此乐观过。

可是现在我回到了海上，又有了一个新的疑虑，这个疑虑在接下来的每一天的每一刻都在困扰着我。我的信天翁不见了。有十多只海豚环绕着我。最后一次见到我的信天翁，是在我们驶入马尔维纳斯群岛的那天。我只是想当然地觉得它会在附近，觉得它会等着我再次入海起航。

可我错了。日子一天天过去，没有它，我开始感觉到孤单。这时候，我的邮件也变得越来越简短，一方面是因为我不想妈妈知道我有多么痛苦，另一方面是因为我想尽量多留在驾驶室里，以便它飞来的时候能看见。可是它始终没有来。当然，到现在我已经找到了原因。信天翁很少飞到这么靠北的地方。虽然知道它们是南方的海鸟，可我还是一直期望着它会回来。我尽量让自己保持忙碌，尽最大努力不让自己陷在孤独感里。可是在夜里，我会一直想着我的信天翁，无法入睡。在那一个个夜晚的黑暗中，我开始相信自己现在是独自一人了，爸爸也跟那只信天翁一起离开了。关于这一点，我想得没错：他们其实是一体的。我一直以来都对一切充满希望，那么确信，现在被突如其来的痛苦淹没了。

周围有许多褐藻，那种长相丑陋、带刺的充满泡沫的东西，有一些一缕一缕的，长达二十米。船的四周全是。我感觉自己被它们包围起来，受到了强烈的威胁。它们看上去像是扭动的海蛇正向我扑来，伸出手要抓我。我们破浪前进的时候，它们会在船的两侧升起来，我多希望自己不用去看它们，希望能躲进船舱里，可我不能。不仅仅是因为要寻找信天翁才需要留在甲板上。还有其他原因。

不远处突然出现了许多渔船，在夜晚更容易看见它们排列在海平面上，而渔船就跟冰山一样危险。我知道，假如被它们后面拖着的那些数英里长的渔网缠住，那就一切都完了。我从未感觉如此低落过。更糟糕的是，我的电脑也开始捣乱，这是旅途中第一次遇到既无法发送也无法接收邮件的情况。风停了，海也静了。只剩下灰暗的海，还有四周灰暗的天空，而我被围困在满是大蛇的海里。我靠唱歌来使自己保持精神，想不到还有什么别的事可以做。我一直唱到喉咙都疼了，把会唱的每首歌都唱了一遍。但只有一首歌我反复地唱着，那就是《伦敦大桥垮下来》。我想，这是痛苦的呐喊，也是求助的呐喊。

　　海上的情况变幻莫测。一天早上，我来到驾驶室，发现褐藻都不见了，渔船也都没了踪影。风又猛烈地吹了起来。仿佛是周围的世界突然间醒了过来。之前灰暗的地方现在都已经被蓝色取代，是漫无边际的蓝，美丽的蓝。我深深地吸了口气闭上眼睛。当我再次睁开双眼时，一只信天翁，我的信天翁，它就飘浮在空中乘着风朝着我飞来。它不在乎是南方还是北方，只是想要跟随着我。在我哭叫过、呐喊过之后，我告诉了它我的感受，因为它弃我不顾这么长时间。当然，信天翁是不会笑的，大多数人都是这么认为的。可是它们能，而且会笑。它们常常笑。那天晚上，当我把为它捉的鱼扔给它时，它笑得非常开心。我知道它是在笑。

　　几小时后，我在船舱下面，烤着离开马尔维纳斯群岛之后的第一个面包，还在回味着我们跟信天翁的重逢。它的归来不仅仅鼓舞了我，而且很明显地对我的电脑有着某种魔法，让它又完全正常地运作起来。接着卫星电话响了，它在整个旅程中只响了那么几次，多半是靠近陆地的时候收到的海岸警卫队的呼叫。我拿起电话，担心家里是不是出了什么事，又或者是妈妈因为没有收到我的邮件而慌乱了。

"嗨，你好，"那头传来一个男人的声音，"我是马克·托普斯基博士，你不认识我。"他操着美国口音，"不过你的外公一直在跟美国国家航空航天局联系。他们直接打来电话，说我也许会想跟你聊聊。"

一开始，我不知道他在说什么。"我没有生病，"我说，"我不需要医生。我很好。"

"你当然很好，艾丽。是这样，艾丽，我现在就在你头顶的国际空间站里，你就在我们的下方，你外公说，你有时候能看见我们而且想跟我们联系。我觉得这是个不错的主意，因为我们都像是探险家，不是吗？所以我也跟你有一样的想法，我们也许可以时不时通过邮件或者电话联系，建立一种持续的对话，看你觉得怎样比较好。应该会很有趣，很有意思。你觉得怎么样？"

我一句话也说不出来。

根据我的邮件，我在三月二十九日接到了第一个令人惊叹的来自太空的来电。外公的惊喜的的确确是个大惊喜，是我这辈子收到的最大的惊喜。

第九节　个人的一小步

3月29日　07：15　　　南纬45′44″　　西经50′13″

　　早上好，全世界最棒的外公。毫无疑问，你是世上最酷、最伟大、最有希腊风格的外公。刚刚收到了你们跟我说的、为我制造的那个惊喜。我难以想象能有任何人在任何地方有更令人惊喜的事了。谢谢你，谢谢外公。他会给我发来一张他和全体空间站成员的照片，我们会进行他说的那种"持续的对话"。我想这是我遇过的最令人惊叹的事了。他的声音听起来像乔治·克鲁尼，你们不准告诉他我说的话。我觉得美国人一定是嘴里都含着某种东西，让声音变得那么的沙哑有磁性。还有，还有，你们还不知道，我的信天翁又回来了！我在一天里有了一只信天翁，还有一个宇航员。还不错吧？不知道我的信天翁会停留多久，它已经飞得太靠近北方。我会给它喂很多的鱼，好让它留下来陪我，我知道这样很傻，因为它自己就能捉到所需要的鱼，信天翁很擅长捕鱼，不过它看上去好像挺喜欢吃我给它的鱼。难以置信，有这么多人都在关注着我，在家里的亲人朋友们，我的信天翁，现在又多了托普斯基博士。没有人有过这样的一个支持者俱乐部。天气预报的情况很糟糕，所以我还有许多事情着急要做。我会尽快再跟你联系的。爱你们大家，尤其是我的希腊外公。艾丽。

3月31日　11：12　　　南纬42′29″　西经48′30″

嘿，妈妈，你好，外公，除了驾船以外没有太多时间去做别的事情，所以也就没时间给你们和托普斯基博士写信。刚刚经历了一场前所未见的暴风雨。我们被掀翻两次，不过我还是活得好好的，还能在这里给你们讲我的故事，你们就别担心了。在这里大多数时间都无事可做，只能盘坐在船舱里期望一切顺利，对于这个我现在已经越来越得心应手了。我还经常唱很难听的歌，也会经常攥着爸爸的幸运钥匙。时速七十海里的狂风现在已经升级到了八十海里。海浪都是被风抹平的巨大的平顶浪，是最可怕、最危险的那种。灰色的巨浪和喷薄的灰色风暴包围着我。我只是想要尽可能地稳住风向，让船帆鼓起来。当情况变得非常糟糕，

233

接近于灾难性的时候，要稳住风向就不大可能了。我们两次被翻滚的巨浪给倒过来，这两次翻转都持续了半小时。我向你保证，这是我人生中再也不想重复的半小时。我无能为力，可我知道，"凯蒂四号"自己会翻转回来的。

"凯蒂四号"可真是个明星，一个救星，造船厂的人们真该为它感到自豪。真希望你们能看见它是怎样把自己从水里托起来的，仿佛用两根手指四两拨千斤般地对付了暴风雨、狂风和巨浪，就好像在说着，嘿嘿，你是没法让我沉没的。它太伟大，太了不起了。你们知道最棒的是什么吗？每次翻船结束之后，我透过船舱的窗户，都能看见我的信天翁正挥动着天使般的双翼盘旋在我上方，保护着我。它跟我是个相当不错的团队。在暴风雨渐渐平息的时候，我成功地用贝茨太太的相机捕捉到一张它的照片，正把照片发给你们和托普斯基博士。当最糟糕的阶段过去后，我给自己煮了两天以来的第一顿热餐，有熏肉、香肠和烤豆子，满满的一盘子，太美味太好吃了，当然，最后还喝了一杯热巧克力，把这些食物都顺了下去。我的手指和脚依旧是冰凉的，但我能感觉到体内有一股之前没有过的暖意。很爱你们，艾丽。

4月3日　　21：12　　　南纬38′54″　　西经46′03″

嘿，大家好。现在正以每小时五海里的速度嘟嘟嘟地前进，风很柔和。嘿，现在有点时间能跟你们聊聊托普斯基博士了。我们已经给对方写过两封邮件了，而且晚上再一次通电话的时候，我们还见到了彼此。事情是这样的：托普斯基博士从国际空间站打来电话，说他们正从我头顶上经过，问我是否能看见他们。我来到甲板上，空间站就在空中。他想让我亮一下闪光灯，再发一枚信号弹，看他们是不是也能看见我。于是我照做了，而且他们也看见我了。你们能相信吗？他们真的看见我了。我能看见他，他也能看见我。我能听见他，他也能听见我，我们就像两个孩子一样笑着，不是因为好笑，而是因为这简直太令人惊叹了。

在他的邮件里，他跟我说到了空间漫步，他称之为"舱外活动"，他过几天就会出舱去。他还从没出舱漫步过，现在非常期待。他将要带出某种科学设备。他大致跟我说了说这个设备是干什么的，我并没有真的听懂，不过我没告诉他！他跟俄罗斯的一位物理学家在一起，叫尤里·马拉科夫博士，还有一个美国人，叫迈克·彼得森，是指挥官。他们三个在空间站已经有近四个星期的时间了。他跟我说，那里的生活空间非常狭小。"我想在空间站里也只能指望这么多。不过至少只要我们愿意，就能随便飞

235

上两下子。一旦适应了之后，无重力状态就是最棒的。"

　　他也跟我聊了很多他自己的事情，他在佛蒙特州的家里有个妻子，还有两个孩子，一个十岁，一个十二岁，都是女孩儿。他是个科学家、物理学家，也是个宇航员。我得说，他是个相当有头脑的人。在我写给他的邮件里，我跟他说了许多我们的事，谈到了爸爸，还有我们去英国寻找凯蒂的旅程。他非常感兴趣，还说他会尽可能提供帮助，我想他是认真的。我觉得他的声音比起乔治·克鲁尼来，更像是约翰尼·德普，不过我现在有他的照片了。他跟这两个人都不像。他长得更像是汤姆·汉克斯，有一张善良的好人脸。他说，他很喜欢我的邮件和照片，尤其是信天翁的那张。我们有如此多的共同点，我们都正用各自的方式在环球航行，而且都身处于一个不适宜居住的铁皮匣子里。我跟他说，他的环球航行速度比我的要快一些，他有广袤的太空环绕着他，而我有无边无际的大海。

　　他说，我的信天翁是他见过的最美的鸟。他说，那是他想念的事物之一，因为在太空里，当他望向窗外的时候，一只鸟也看不到。他想让我给他发更多的鸟的照片，我会的。他给我发了许多地球的美丽照片，我们的确是生活在一个如此了不起的令人惊叹的星球上。我还有许多他跟尤里和麦克飘浮在空间站里的照片。太酷了。我有一天也得试试。他在上面比我在船上的空间要多，不过他得与人分享这些空间。他还发了他跟他妻子的合照，很漂亮，他妻子名字叫玛丽安，还有他的两个孩子在屋外的雪地里玩耍的照片。他的脸跟他的声音一样，善良、体贴、聪明。希望他的舱外活动一切顺利。

今天捕鱼的收获不错。我抓到了六条，留了两条给自己。把其余的丢给了我那咂着嘴的信天翁。它跟我在一起的每一天，都是个额外奖励。等它走后，我一定会非常想念它，不过我一直告诉自己，这里已经太靠近北方，它不能再停留太久，我最好是让自己作好准备，等待它离开的那一天到来。没有凯蒂的新消息吗？她总得在某个地方，对吧？再见。艾丽。

4月5日　12: 16　　（GPS导航仪不知为何一闪一闪的，所以没有确切的定位信息）

在大西洋向你们问好。我又来啦。托普斯基博士给我发了一封关于他舱外活动的邮件。看上去非常兴奋。他说，尤里给他拍了许多他慢动作似的跳着太空舞蹈的照片。等回头有机会的时候，他会把照片发给我。以下是他邮件的部分内容：

"我在太空里待了六小时。我很忙，不过仍然有许多时间去观察四周。我想，就是在那时，我第一次意识到了太空的无限辽阔，它的永恒与静止。我们的星球突然间显得那么的珍贵，那么的绝美。我想到了我在佛蒙特的家人，想到了在湛蓝湛蓝的大海上的你。"

我给他回信，问他为什么一开始会成为一名宇航员。他说，这全是那个第一个登月的尼尔·阿姆斯特朗的错。在他还是个孩子的时候，他坐在电视机前看着他踏上月球的表面。他说他之所以走上这条路，都是拜听他的演讲所赐。"个人的一小步，人类的一大步。"从那以后，他就想要到太空去，他现在挺享受在太空的感觉，不过他说，还是想要有点私人空间。

我们基本上是一直来回发邮件交换笔记。我在下面的海平面上，（好吧，是地平面），只不过海平面一直在变化，所以并不算是个平面，而他在距地面三百五十公里的天上。他们在太空中的速度是每秒五英里。我在下面的速度是每小时五海里。我有手提电脑、我的五个GPS导航仪（其中两个还在闪烁），还有一些基本的软件。而他有世界上最精密的仪器设备，大多数是通过美国国家航空航天局操控的。他就飘浮在上面的某个地方，而我在下面被拍来拍去。别告诉他我这么说了，不过我觉得肯定是我在下面比较好。除了在太空里漫步之外，他都被关在空间站里长达数周的时间。我至少还能呼吸到干净清新的海上空气，而且说实话，我没法在那样一个封闭空间里待那么长的时间，我会疯的。我的意思是，你甚至连跟自己说话都免不了被其他人听见，不是吗？他还要在上面被关上一个月的时间。我想，我还是老老实实航海吧。不过，他说我们俩都是冒险家，都是探险家，而且我们算得上是世界上最幸运的人，因为我们能从事自己最爱的事业。他说："这不是太棒了吗？"他说得没错，的确太棒了，我很幸运。在问过凯蒂的事，问过我的信天翁之后，他问了问天气，问我在下面情况怎么样。他说很难想象我的生活是什么样的，不过他想要了解一切，想要看看我的帆船从内到外的图纸。所以我尽快发给了他。当他们经过的时候，我又发射了一枚信号弹，不过他这次没看见。他已经成为了一个真正的、绝无仅有的朋友，一个我素昧谋面的朋友。

妈妈，我现在又能扭动我的小拇指了，这样我就又有十根手指可以使用了。手仍旧很疼，不过除此之外，我都跟一把小提琴一样身强体健，这又是爸爸的说法。为什么一把小提琴会强健？一直都没弄明白。

周围有一些飞鱼，这是我第一次见到。我的信天翁看上去对它们一点也不感兴趣，它又浮在水面上等着我放渔线了。我立马就做。我得让它高兴了，对吧？

4月11日　12：02　　　南纬28′54″　西经44′53″

嘿，妈妈，外公，已经有几天没有收到国际空间站的消息了，希望托普斯基博士在上面一切安好。四周的飞鱼更多了。我们越来越靠近热带地区，感觉自己像被活生生煮了似的。大约一个月前，我的双脚和手指还冻得失去知觉，而现在我就坐在这里大汗淋漓。我想把舱门打开，但是不行，因为水汽会钻进来，把所有东西都浸湿了。所以我只能穿得很少，这是唯一的办法。现在能见度非常差。巴西海岸的港口可以停靠，不过我尽量远离那里，尽管我非常想去那儿看看。那边有许多渔船。在这种三十摄氏度以上的热气中无法入睡。等不及要继续往北走，回到寒冷的地方了。当我冷的时候，我又想要热。我这是怎么回事？只要能找到凯蒂在哪里，这一切都是值得的。随着我离目的地越来越近，我就更常去想这件事，更期望能找到凯蒂。我不停地看着她的钥匙，也是爸爸的钥匙，一直疑惑着它到底是用来做什么的。GPS导航仪又恢复正常了。

4月15日　15：20　　　南纬25′85″　西经41′31″

自从爸爸去世以后可能发生的最糟糕的事情发生了。而我就是罪魁祸首。我早该知道的。我早该考虑到的。我的信天翁死了，而我就是凶手。我并不是有意的，但这并不能减轻我的罪恶感，不是吗？黎明的时候，我来到驾驶室里，然后像往常一样在四周找寻信天翁的身影。可它不在。我的心沉下去了，因为我一直知道，迟早有一天，它会离开的。我看见排水口里躺着几条飞鱼。我想这提醒了我去查看渔线。我立刻看见了绷得紧紧的渔线，于是以为又抓到了一条鱼。可我抓到的不是鱼，而是我的信天翁。它被钓钩钩住拖在船尾，已经淹死了。我把它捞起来，坐在甲板上，它就湿漉漉、瘫软地趴在我的腿上，它那伟岸的双翼永远地静止了。唉，它一路追随我来到这里，而我却杀了它，我杀死了我的信天翁。可我做的还不只这些，我不仅仅是杀死了这只信天翁，在我内心深处，爸爸的灵魂也随之而去了。艾丽。

第十节　孤帆只影渡沧海

　　就是在杀死了我的信天翁后的一段时间里，我才明白了爸爸在他的故事中所说的"心神涣散"是什么意思。我只是从发给家里的邮件中，知道自己向北航行了一个月的时间。我想，我一定是近乎精神恍惚地一直不停地前进着，就好像我开着自动驾驶一样。我高效率地航行着，我所做的是尽可能地往北边走。我做了需要做的一切，可我没有感到兴奋，没有愉悦，感觉不到恐惧和疼痛，甚至没有一点点悲伤。我已经麻木了，只是驾船而已。我跟他们说，我想彻底关闭"凯蒂四号"的网站。我只是记录下每天的经纬度。我不想再跟任何人有任何交流。我无视收到的所有恳求的邮件，也不想接听卫星电话。我对任何人都没有任何想说的了。我不再在乎凯蒂或者是钥匙的事，我对任何事都不再关心。我甚至都忽略了托普斯基博士从国际空间站发来的所有表达同情和鼓励的信息。

十天以后，我确实发了一封不只是包含经纬度信息的邮件。现在回想起来，我不太清楚自己为什么会这么做，只可能是试图要向家里和空间站里的所有人解释我沉默的原因。也许我找不到自己的语句，但我认为并不只是这样而已。到现在，我已经能够熟记《古舟子咏》的全文了。我甚至不需要去思考，那些诗句就会在我脑中回响。有时候，我只是坐在驾驶室里，那些词句就会自己从我嘴里跑出来。我越是不断诵读它，就越陷入在里面，然后开始相信某种程度上，我就是那个"老水手"，而我的旅程，就像他的一样，也因为自己的所作所为受到了诅咒。以下是我4月28日的邮件中的部分内容：

我干了一件可怕的事情，
它使全船的人遭到了不幸；
他们都说我射死了那只鸟，
正是它带来了海上的和风。
他们咒骂我，这个恶棍，
他不该杀死那头信天翁！

水啊水，到处都是水，
船上的甲板却在干涸；

水啊水，到处都是水，

却没有一滴能解我焦渴。

　　当然，现在我知道家里的人们读到这些的时候该有多么担心了。我知道外公想要取消这一切，准备动员一次海空大救援来接我。但妈妈坚定不移。她之所以这样坚定的唯一原因，就是我仍然每天在发送报告。她在航海图上能看出，我向北方的征程还在迅速推进着。我也知道，托普斯基博士在我静默期间还跟他们保持着密切的联系，还支持妈妈让我独立解决问题的决定。

　　我现在仍然不知道我是怎么走出绝望的阴影的。我想，这种事情并不是我们真正能参透的。对爸爸来说，是在霍巴特的医院里，在他处在人生最低谷的时候，当一位护士出现在他身边一直帮助他的时候，他的世界重现了光明。即使是这样，假如不是他自己愿意的话，也是无法走出黑暗的深渊。假如说，我也有这样受到启示的一天的话，那我一定知道它发生在何时何地。

　　看见它的时候，我正坐在"凯蒂四号"的驾驶室里。它是一只海龟，一只棱皮龟。它在船的侧面浮出水面，然后一直随着我前进。它疑惑地看着我，仿佛在问我为什么会在这里。我告诉它，我正前往英国寻找凯蒂。我把一切都跟它说了，而它也专心地听着。我不是一个人了。我听见自己在风中放声歌唱。从《伦敦大桥垮下来》到《太阳来了》到《多么美好的世界》再到《我心永恒》。我把自己的歌单从头唱到了尾，我喊出最后一首歌的时候，眼泪有如泉涌般从我的双颊滑下来。唱完之后，那只海龟看了我最后一眼，然后离开了。我不介意。从我的信天翁死后，我就再也没有哭过。在唱那些歌的时候，我心里有什么东西在不断积蓄着，逐渐找回了自己。

　　也许让自己完全忙于航行，是让自己走出长久以来的悲伤的最好的治疗。也可能是因为我现在已经依稀能看见此行的终点了。我距离法尔茅斯仅仅有二千五百英里，二十三天的距离了。但还有一件事我不太确定。那天坐在船上跟那只海龟说话，然后在"凯蒂四号"的驾驶室里高唱哭泣的时候，我感觉自己不再孤单。妈妈跟我在一起，外公、托普斯基博士、家里的每个人，还有爸爸都是。他们全都跟我在一起，用意志力驱使着我继续前进。在我流下的眼泪中仍然有悲伤，但那汹涌波涛般的快乐将它们都释放了出来。

　　我立刻进到船舱里给家里发邮件，我看见有一封来自托普斯基博士的邮件正等着我。他已经回到地球了。他们一周前把他接了回来，在哈萨克斯坦，他说降落的时候不太平稳，现在他已经回到家里休假一段时间，这段时间他一直在作一些调查。他没有忘记我。相反，自从他回来之后，一直都在跟妈妈和外公联系。

他发现了一些关于凯蒂的"相当有趣"的事情，不过令人着急的是，他不肯说是什么事。他告诉我，说他的全家人都知道我，他们大家每天都在想我，他们还在厨房的墙上钉了一幅大西洋的地图，标记着我的进度，每天早上把代表我的那枚小图钉往北边挪动一点，更靠近英国一些。他说，他知道我经历了一段艰难的时间，他想让我知道，"在佛蒙特和全世界各地，有许许多多的人都在支持着你。"从那以后，我每一天都感觉自己更加精力充沛了。

我正驶入信风中，这使得航行不那么舒服，不过我不在乎。现在已经不只是风在推动我们前进了——"凯蒂四号"几乎是在飞——是那些源源不断地飞来的来自家乡、来自托普斯基博士的来信在鼓舞着我，是他们让我感到了幸福，几乎是过度的兴奋了。我再也没有见过那只海龟，但我从来没有忘记过它。我仍然能看见它的脸抬头凝视着我，那是张亲切的脸，年老而充满智慧。有时候，我觉得是那只海龟救了我的命。

随着一天天越来越接近英国，我不断地问他们凯蒂的情况，可我没有收到一条真正有用的信息。有那么一两条充满希望的"多种可能性"的信息，不知道那说明什么。听起来并不那么有希望。说实话，我认为他们只是在骗我，好让我保持乐观，他们知道我最怕听到的就是关于凯蒂的坏消息，怕我知道他们找不到

Build it up with silver and gold,
silver and gold,
silver and gold.
Build it up with silver and gold,
my fair lady.

她的踪迹，或者更糟糕的是发现她已经去世了。我常常坐在船舱里，手握着爸爸的钥匙，思索着这把钥匙为什么这么的重要。它有什么含义？为什么那么多年前当他们分开的时候，凯蒂会给他这把钥匙？它有什么特别之处？他一直都称它为幸运钥匙。我会紧紧地攥着它，然后就像爸爸一样对它许愿。我希望我能找到凯蒂，而且她还在英国活得好好的，希望我最终能解开这把钥匙的谜团。

假如我说我的极度喜悦没有时不时地输给悲伤感，那就是在撒谎。我内心仍然有失去信天翁留下的那种挥之不去的悲痛。我经常想起它。我看见的每一只鸟都会让我想到它，想到它飞翔时的伟岸，想到它的优雅和美丽。坐在驾驶室里，在寒冷苍茫的北大西洋上，我远远望去，看见了一只另一种类的信天翁，一只北方的信天翁，一只塘鹅，它正潜入水里捕鱼，与大海融合在一起。它很壮美，但仍比不上我的信天翁。

第十一节　伦敦大桥垮下来

　　我能保持如此高的劲头，如此大的决心是件好事，因为在那最后的几千英里路途中，一切可能出问题的地方都出了问题。首先，我发现北大西洋原来跟南太平洋一样的残暴而凶险。"凯蒂四号"遭受了一记重击。而且不只是一次暴风雨而已，而是连续不断的。我们好不容易驶出一场风暴，紧接着就又驶入下一场。我们在三天时间里被打翻了三次，最后一次差点就结果了我们。

　　只有极少数独自一人的水手可以掉进海里还能活下来讲述自己的故事。我就是其中之一。事情之所以会发生，都是我自己的错误。就像爸爸以前说的，我是个傻瓜。那是在一次暴风雨中，我坐在驾驶室里，没有系好安全带。是的，我累了。我已经两天没睡觉了。可这并不是理由。我是个傻瓜，而且差点成了个死掉的傻瓜。当大浪袭来的时候，我毫无防备。船剧烈颠簸起来的时候，我被从甲板上弹了出去。不知怎的，我成功地拉住了一条安全绳，然后死死地抓住了它。可"凯蒂四号"已经侧翻了过去，而我被浸在了海水里。我记得那时听见大海在耳边咆哮，我知道这是一个即将溺水而亡的水手听到的最后的声音。接着"凯蒂四号"又站了起来。它猛地翻过来，而我发现自己完好无损地飞回了驾驶室里，不幸中的万幸。不过我的一只手臂断了——我很快就发现了这一点，因为它完全不能动——我大声地骂着自己。骂完以后，我对自己说，你是个幸运的傻瓜，一个非常幸运的傻瓜。我之所以能幸存下来全靠爸爸的钥匙，我深信这一点，一切都多亏了爸爸的钥匙。

一开始，我丝毫感觉不到手臂的疼痛。在北大西洋刺骨的海水中浸泡之后，我浑身冷透了。当我在船舱里把自己晾干，然后渐渐暖和过来后，钻心的疼痛就开始袭来。我知道自己需要帮助，于是我拿起卫星电话拨通了家里的号码。外公接起了电话。我告诉他，说我只需要一个医生来告诉我怎么做，然后我就能自己处理。外公说，不许争辩，他准备要用飞机把我吊离船上。"你不能拖着一条断掉的胳膊来开船。"他说道。我想我从未冲外公叫喊过（之后也没有），可我当时的确那么做了。我告诉他，说我们距离英国海岸，距离赛丽群岛只有五十五英里远了，而距离法尔茅斯只有不到一百英里；还告诉他，说"凯蒂四号"

和我要一起完成这趟旅程。妈妈和外公商量了一下，五分钟以后，托普斯基博士打来了电话。原来他除了是物理与工程还有其他各种学科的博士外，还是个医学博士。他通过给我提一大堆问题，来为我做了"检查"。然后，他一步步教我怎么上夹板，怎么把它绑在手臂上，虽然只用一只手做起来并不容易，可我还是做到了。

当然，遭受重创的不只是我，还有"凯蒂四号"。不是船本身，船没事。它只是像往常一样，颠簸摇晃之后又自己从水里冒了出来。当初制造它的时候，就想把它打造成无坚不摧、不可能沉没的船，而它也的确是这样。随着我们接近英吉利海峡，船上那些小的设备开始出了问题，发电机和海水淡化器都已经靠不住了。自动驾驶系统也已经支离破碎。我想要试着修理一下，可只有一只手臂，我没有办法，这就表示我得一直待在驾驶室里。实际上，我无论如何都得待在甲板上，因为现在周围有许多船舶，比我在整个旅途中见到的都多，而对于一艘小帆船，对于任何帆船来说，都是非常危险的。我能看见它们，可是在这样的海域里，如果他们在撞到我之前能看见我，就已经是万幸了。

我没有告诉任何人，情况到底有多糟糕。我知道外公会有什么样的反应，也知道妈妈有多么不安。我写了许多内容活泼快乐的邮件，在卫星电话通话时，故意让声音听起来积极乐观而且爱开玩笑。我想，也许让自己说话活泼快乐对我是有好处的。事实上，我现在真的非常担心自己无法完成这次旅程。每当我挪动手臂就疼痛不已。每换一次帆都给我带来难以忍受的痛苦。我作了一个决定。我给家里写信，说我准备停靠在赛丽港，不再继续前往法尔茅斯。毕竟赛丽也算是英国的地方了。它跟其他任何港口一样，都可以作为我此行前半程的终点。妈妈给我回了电话，说她和外公商量了一下，决定尽快乘飞机赶到英国，他们会告诉我降落的地点。我说，我不想小题大做，不让他们告诉任何人我的情况。我已经开始害怕有支小型舰队会出来迎接我了。外公说，即便是没有网站上的消息，各地的报纸也保持着极大的关注。

"反正就是别告诉他们我要进入赛丽港，"我对他说，"你得保证，外公。"他答应了，不过我还是不放心。我知道在电视上打着"斯塔夫罗斯造船厂"几个大字对他来说是多么大的诱惑，而且他的小艾丽，这个在他那希腊人眼中的小可爱，站在甲板上向大家挥手，这样一个画面实在太难以抗拒了。说实话，我已经作了最坏的打算，不过我还是作了妥协。不管怎么说，也许会很有意思呢，即便是不喜欢，我也还是可以靠后站，咬紧牙缝挤出一丝微笑来，毕竟我在霍巴特已经经历过一回了。

于是，第二天，我们蹒跚着嘟嘟嘟地前进着，不过格外高兴。（我说话有时候的确越来越像爸爸，可我喜欢他用的那些词句。我继承了它们，它们现在是我的了。）所有的暴风雨都已经过去了。到赛丽的途中，天气预报都是晴好天气。阳光明媚、天朗气清，而且看不到一丝欢迎舰队的影子，太令人惊讶了，外公竟然保持了低调。我刚刚瞥见了一点点陆地，虽然不多，但的的确确是陆地，而且那是我想要看见的陆地——赛丽群岛。我用一杯热巧克力庆祝了一下这个场合。赛丽的岛屿看上去像一个个小小的水饺躺在远处大海上，大概有十英里远。我们正以每小时五海里的速度平稳行驶着。现在还是清晨。我离那里已经非常近了。我前一天远远地看见了一头鲸鱼，也可能是姥鲨，现在我正小心提防着它。结果，看见的却是一群鼠海豚在我的右舷边上嬉戏，给我送上了一场精彩的表演。这才是我想要的那种出人意料而又自发的欢迎仪式。

然而，我太陶醉于它们的表演，忘记了当心四周的情况。就在这时，一阵讨厌的震动使船开始晃动。船往后退了一下，然后左右摇晃起来，撞到了船底，然后它就停在那里一动不动了，灵魂仿佛瞬间出窍了一般。我手里的舵柄变得轻起来，我立刻意识到我们的舵毁了。接着我看见船舵的碎片在船后浮上水面。一开始，我以为我们一定是撞上了鲸鱼，可我们并没有。我看见的那个在水面下潜伏着的黑影浮出水面现出了真身。它带着肮脏的黄色，有着平坦的表面和尖锐的棱角。是一只集装箱，一只可恶的破集装箱。我诅咒那个集装箱船，不管它在哪里。咒骂完之后，我检查了船下。至少我们没被撞出洞来。我们还没有失去浮力。我们没有了船舵，又非常无助，不过还浮在水上。一开始，我盼着我们能够靠着潮水漂进海港，可迅速看了一眼航海图之后，我的想法得到了证实，赛丽群岛的周围全是岩石，成千上万的岩石。

我别无选择。我用卫星电话呼叫了救生艇。不到半小时，他们就来到我的船边，扔给我一根绳子。就这样，我带着一个破碎的船舵和一只断掉的手臂到达了赛丽群岛，丢脸地被救生艇拖进了圣玛丽港。也是因为这样，引起了周围人们很大的兴趣，很快他们就知道了我是谁。谢天谢地，没有欢迎舰队，不过想要避人耳目悄悄到达的那一点点愿望已经落空了。他们迅速把我送到医院，检查我的手臂，还告诉我说当晚必须留院观察，可我不想待在医院。我找到了更好的去处。马特·彭德，那个救生艇的艇长，他说可以把我接到家里，跟他的家人待在一起。于是在我的手臂被固定好，上完夹板以后，他来接我，然后我们直接去了一家酒吧。在那里，我受到了隆重的欢迎，仿佛我就是艾伦·麦克阿瑟一样。他们说我"完全是个小英雄"。他们见到我全都兴奋得不得了，我非常享受这种感觉。我给家里打了电话，可没有人接听。他们或许已经出发了。我不介意，我太开心自己终于到了英国，太高兴我的船还勉强算是完好无缺。

第二天，我接受了几家电视台和电台采访，一口气做完了事。然后我到防波堤上，在"凯蒂四号"送修之前把它清洗一下。它周围挤满了人，有好些人都在给它拍照，而它也上下摆动着为大家鞠躬致敬，好像陶醉其中。我一直等到大家都离开以后才上船。我们静静独处了一会儿，就我和"凯蒂四号"。我给妈妈和托普斯基博士发了邮件，告诉大家修船至少要花费两周的时间，而我明天会搭渡船由赛丽前往彭赞斯，然后搭夜班火车去伦敦的帕丁顿，预计在周三早上七点到达。如果那时候他们在伦敦的话就能跟我碰面，然后我们就立刻去伯蒙齐寻找凯蒂。我还告诉了他们另外一件事，是一件他们谁也不想听到的事。我已经决定，一旦"凯蒂四号"修好以后，等我的手臂恢复了，我就要驾船回家。我要照计划完成整个环球航行，而且无论谁说什么都无法阻止我。我在信中写道："我是认真的，外公。"在离开"凯蒂四号"之前，我收到了一封回信。

"全都听你的，艾丽。周三早晨七点，帕丁顿见。一号站台上有口大钟。我们在那里见。爱你的妈妈和外公。"他们就这样妥协了。真是难以置信。

在搭渡轮去彭赞斯的时候，马特和所有救生艇的船员都来为我送行。我一生都没有得到过这么多的拥抱。我喜欢，我太喜欢了。在搭夜班火车去伦敦之前，我还得等上一会儿。所以我来到座位上时，已经相当疲惫了。我拿出手提电脑，准备再给妈妈发一封邮件。当我抬起头时，看见对面坐着一个小伙子正冲我微笑。我们自然而然地攀谈起来。他的名字叫迈克尔·麦克拉斯基。

接下来的事情，你们基本上都知道了。你们不知道的是，第二天早晨我们到达帕丁顿车站时，在我跟他讲完我的故事之后所发生的事。列车进入了一号站台，我们一起下了车，迈克尔拿着我的帆布背包，还有他自己的（他不只是长得很帅气，而且还很体贴，现在大多数时候也依然是）。我看见妈妈和外公正在大钟下面等着，四处张望着寻找我。

"是他们吗？"迈克尔问道。

"就是他们。"我说。

"这么说来，你告诉我的那些事情都是真的了？没有一点是编造的吗？"

"一点也没有。"

"这样的话，"他直直地看着我，一字一句非常认真地说，"那么你是我所见过的最棒的人，如果可以的话，我希望可以再见到你。"

257

我直到现在也不知道自己为什么说了当时那些话。"听我说，"我说，"我肚子很饿。不如你跟我们一起去吃早餐吧，跟我还有我的妈妈、外公一起。"他没有拒绝，于是在我跟妈妈和外公一次次拥抱之后，当我们在帕丁顿的大钟下用克里特人的方式又哭又笑完了之后，我们都挤进了一辆出租车，前往他们住的酒店去吃早餐了。

我感觉，他们看上去有一些紧张。每当我们目光相交时，外公就立刻看向别处。我以为，他是因为我坚持要完成环球航行，所以在生我的气。他自始至终都一直很反对。妈妈一言不发，只是充满慈爱地轻拍着我的手。我跟迈克尔互相使了使眼色，不过他除了耸耸肩外也没别的办法。

这家酒店是那种巨大的新式酒店，全部由玻璃建成，位于河畔。我们走进了早餐厅，那里摆满了桌子，除了窗边的一张大圆桌之外，其余的都是空着的。桌边围坐着的好像是一家人，有几个孩子，他们全都很专注地看着我，这让我觉得很奇怪。而妈妈和外公没有像我预想的那样领着我们去其中的一张空桌。相反，他们领着我们直接朝着窗边的那个圆桌走去。"这位，"妈妈对他们说，毫不掩饰声音中的自豪，"这就是艾丽，我的女儿艾丽。亚瑟的女儿，艾丽。"

他们依旧盯着我，然后一个接一个地由凝视变成了微笑。

"我想你们还是自己来介绍吧。"妈妈接着说道。

"那么由我先开始？"在他开口之前我就认出了他。我在照片中见过他。"我是马克，马克·托普斯基。在天上的那个，还记得吗？这些是我的家人，玛丽安、莫莉和玛莎，在家乡佛蒙特被邻居们称为大小M豆。"我说不出话来，一方面是因为被这突如其来的相聚哽住了。不过，还有另一方面的原因。

就在他还在说话的时候，我的目光已经转到了他身边坐着的那位老太太身上。她有着跟爸爸一样的笑容，是从眼角从心窝里发出的笑容。

"我是凯蒂，"她说，"你爸爸的姐姐。"

她也一样几乎说不出话来，但仍然透过泪水露出笑容。

"你戴着亚瑟的钥匙吗，亲爱的？"她说，"我给他的那把钥匙？"我把钥匙从脖子上摘下来递给了她。她面前的桌子上放着一个小木盒子，盒子上雕刻并绘制着红色和白色的花朵。她把钥匙插入木盒转动了一下，能配上。她转动了钥匙，然后接着不停地转着、转着，看上去很奇怪。然后她打开盖子，我立刻恍然大悟。盒子里发出了音乐声。这是个音乐盒。它播放出的曲子就是《伦敦大桥垮下来》。我们一直听着，直到乐曲变得缓慢，然后停下来。

"而那个，"老太太指着外面的河，而我留意到她似乎也有点美国口音，"那就是伦敦大桥，它没有垮下来。我就出生在伯蒙齐，就在街那头。那也是你爸爸出生的地方。我的父母在战争的一次空袭中去世了。这个音乐盒是我们家里仅剩的一件东西。亚瑟和我都在同一家孤儿院里。我们很喜欢听这个音乐盒的声音，一遍又一遍，可以听上几小时。后来他们把你爸爸带走了。我给了他这把钥匙，还告诉他说直到他把这把钥匙带回来的时候，我才会再次播放我们共同的歌。我会为他拧上发条，然后我们一起听。我是姐姐，一直都是我来上发条。直到今天，我才再次听见它的声音。现在它是你的了，艾丽。假如有一天你有了孩子，那么你也可以把它传给他们，然后告诉他们这把钥匙最终是怎样找到了盒子，而盒子也找到了它的钥匙。"

我还是没能理解这一切。"可他们是怎么找到你的呢？"我问道，"我不明白。"

"这都多亏了你的宇航员朋友，"凯蒂阿姨说，"他从太空航行回来之后在美国上了电视，然后把你的故事告诉了全世界，告诉了大家一个名叫艾丽·霍布豪斯的了不起的十八岁女孩，独自一人驾驶着一艘名叫'凯蒂四号'的小船环绕世界，为了要实现在她父亲去世时对他许下的诺言，一路从澳大利亚前往英国去寻找她父亲失散多年的姐姐。他说，那位父亲的名字叫亚瑟·霍布豪斯，而他姐姐名叫凯蒂·霍布豪斯。如果有任何人能够提供帮助的，请致电给他。于是我就给他打了电话。是这样，多年前，当他们把你爸爸送到澳大利亚去的时候，我被送到了加拿大。我很幸运，被送到了湖滨尼亚加拉的一个可爱的家庭里。我现在仍然住在湖边那所我从小长大的房子里。你一定要找时间去那里看看。"

我注意到，她面前摆着一本爸爸的书，就在她那碗玉米片的旁边。

"你读过这本书了吗？"我问道。

"我刚刚拿到它，"她说，"问题是，我的眼睛已经不太能看书了。也许早餐过后你能读给我听。"

大概一小时以后，我坐在那里，俯视着伦敦大桥和泰晤士河，把爸爸的故事读给她听，读给大家听。

"亚瑟·霍布豪斯传记，"我开始读到，"亚瑟·霍布豪斯是个偶然事件。我知道，我应该从故事的开头说起。然而问题是，我并不知道开头。我希望我是知道的……"

第十二节　致读者

　　现在你已经读完了这本书，我想告诉你一件事。我和爸爸所写的这两个故事从来就不是为了要出版。我们写下自己的故事仅仅是为了要记录下发生的事情，先是我爸爸的，然后再是我的。关于是否出版，我考虑了很久。毕竟这是一个家庭故事。对于每个人来说，家庭的事情有多少能告诉全世界，是很微妙的。不过我的家人跟我一样，很愿意告诉大家，因为爸爸的故事和我的故事至少在一定程度上已在公众的视线里。当然，如果不是这样，我们的故事也不可能会有这样一个美好的结局。总的来说，我们的私人家庭故事从一开始就不是完全私人的。它出现在报纸上、电台里，还有电视中。但我们的故事一直没有被完整地讲述过。我们都认为，这个故事应该要从头讲述给大家。我知道，爸爸也会希望这样，因为他相信，我们的生命是与我们的故事共存的，只有我们的故事不断被大家口耳相传，我们才会永远活在大家的记忆中。我也相信这一点。

后记

据估计，在1947年至1967年期间，约有七千至一万一千名英国儿童被独自送往澳大利亚。

人们曾一度认为这是一件很方便的事，他们把那些麻烦的人，无论是罪犯、弃儿或者是孤儿，把他们集中起来送往当时的殖民地，通常是加拿大、新西兰和澳大利亚。最早的澳大利亚白人就是在1788年被强制送往那里定居的罪犯们。这是一种形式的放逐。对儿童的放逐在很多层面来看都是非常残酷的，它持续了几个世纪，而且在第二次世界大战后达到了巅峰，有的时候，这种放逐的初衷是好的。一无所有的孩子们能得到新的土地、新的家庭，能有远离英国城市里的贫民窟、过上幸福生活的可能性。而且，他们中有许多人的确非常幸运，他们来到了对的地方，那里有真诚善良的人们，能够照顾他们、关爱他们。然而，也同样有许多人不那么幸运。有一个原儿童移民说道："我们当中许多人都被丢在这里，留下破碎的心和破碎的生活。"可悲的是，虐待、凌辱和剥削都太常见了。

　另一个儿童移民写道：

　　　　对于大量的原儿童移民来说，最常问的一个问题就是"我是谁？"我们中的大部分人都出生在不列颠群岛，父母都是英国人。我们的文化、传统和习俗都是来自英国。我们的国籍、权利和权益就是我们的遗产。在这样一个毫无道理的决策下，我们被运送到了两万公里之外的世界的另一端。我们的罪过大都在于我们是破裂关系的产物。我们的平均年龄是八岁零九个月。在这样一个决策下，我们被从父母和兄弟姐妹身边拆散，被剥夺了祖父母和其他的亲人，被夺去了国籍、文化和与生俱来的权利。我们中有许多人甚至被剥夺了姓氏和出生日期。我们失去了人格、人权乃至尊严。我们被叫做移民男孩某某号或者移民女孩某某号。就这样，我们来到了这些陌生的国度，迷失了方向，找不到回家的路。

　　　　就是因为这些痛苦的回忆，我才写下了这个故事。

迈克尔·莫波格